KB115316

변혁 1990

1990

11

천지무천 장편소설

FUSION FANTASTIC STORY

변혁 1990 11권

천지무천 장편 소설

초판 1쇄 찍은 날 § 2015년 5월 12일
초판 1쇄 펴낸 날 § 2015년 5월 19일

지은이 § 천지무천
펴낸이 § 서경석

편집책임 § 박은정

펴낸곳 § 도서출판 청어람
등록번호 § 제1081-1-89호
등록일자 § 1999. 5. 31
어람번호 § 제1-2124호

주소 § 경기도 부천시 원미구 심곡2동 163-2 서경B/D 3F (우) 420-822
전화 § 032-656-4452 팩스 § 032-656-4453
http://www.chungeoram.com
E-mail § chungeorambook@daum.net

ISBN 979-11-04-90231-4 04810
ISBN 978-89-251-3388-1 (세트)

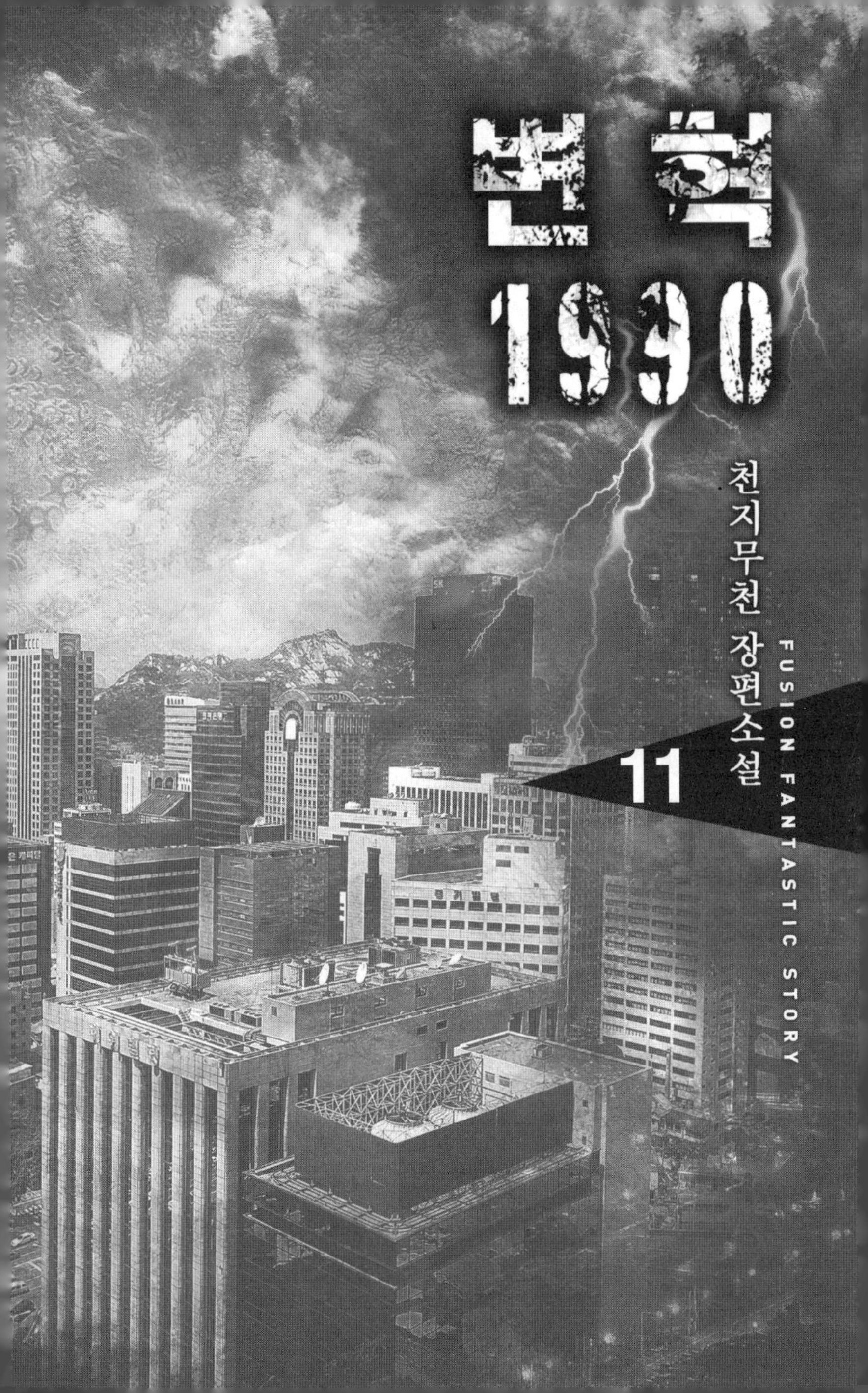
변혁
1990
천지무천 장편소설
11
FUSION FANTASTIC STORY

CONTENTS

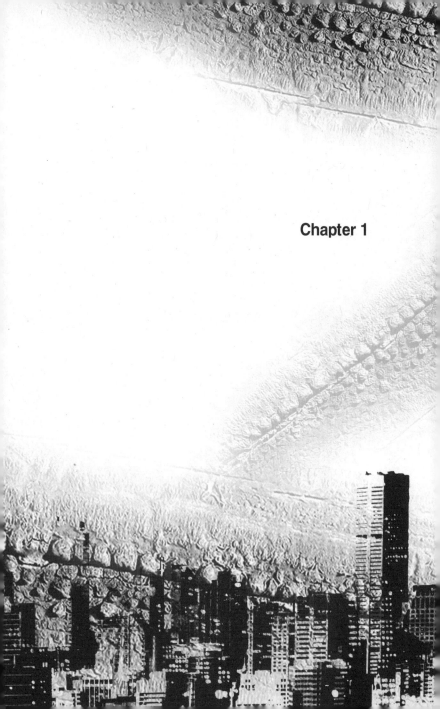

Chapter 1

나는 잠시 동안 말을 하지 못한 채 박명준을 쳐다보았다.

"갑작스럽게 드린 이야기라 생각할 시간이 필요하시겠지만 블루오션의 재즈—1은 훌륭한 제품입니다. 하지만 이 시장은 그리 호락호락하지 않습니다. 충분한 자금력과 기술력을 갖추지 않는다면 곧바로 도태되고 말지요."

마치 블루오션의 기술력이 떨어진다는 것처럼 들렸다.

"무슨 말씀인지는 알겠습니다. 하지만 블루오션은 저만의 회사가 아니라 함께 일하는 모든 직원의 회사입니다. 회사대표를 맡고 있지만 제 마음대로 할 수는 없습니다."

내 말에 박명준는 큰 소리로 웃음을 토해냈나.

"하하하! 강 대표님께서는 나이가 어리셔서 그런지 아직 순수하신 것 같습니다. 물론 회사는 직원이 있어야 돌아가지요. 하지만 말입니다. 직원들은 대표님과 같은 마음을 가지고 있지 않습니다. 직원들은 언제, 어느 때든지 자신의 사익(私益:개인의 이익)을 추구하고 도모하는 존재입니다. 자신들의 조건이 충족되어 있을 때는 순한 양의 모습을 보이지만 그러하지 못할 때에는 숨겨진 발톱을 꺼내어 회사를 공격하고 위태롭게 만들지요."

박명준의 말을 받아들일 수 없었다.

설령 그러한 모습이 있다고 해도 그건 회사가 그들에게 최소한의 조건을 충족시켜 주지 못해서이다.

"저는 제가 아직 순수하다는 것이 좋습니다. 저의 이런 순수함을 믿고 함께해 주는 블루오션의 직원들도 순수하니까요. 그것이 블루오션을 강하게 만들어주는 힘이라고 생각합니다."

"후후! 좋은 말씀입니다. 하지만 아직 인생을 저만큼 살지 못했기 때문이라고 해야 할까요. 저도 강 대표님과 같은 생각과 신념을 지녔을 때도 있었습니다. 하지만 회사를 운영하고 이끌어나가는 것에 있어서 이상과 현실은 엄연히 다릅니다. 이상만 갖고 세상을 살아가기에는 현실의 벽이 너무 높지요. 지금 재즈—1을 통해서 블루오션이 잠깐 빛을 발하고 있지만 무서운 스피드로 변화하는 무선통신업계에서 살아남기에는 많이 부족하다고 느껴집니다. 회사가 성장하고 잘나갈 때에는 문제점들이 다 사라진 것처럼 보일 때가 있습니다. 하지만 햇살이 사라지고 먹구름이 몰려오게 되면 모든 것이 돋보기로 보는 것처럼 확대되어 더욱 크게 보이기 시작하지요. 그때는 강 대표님의 순수함만을 가지고는 회사를 이끌어갈 수 없습니다."

박명준은 나를 이해시키는 게 아니라 가르치려 들었다.

내 인생에 있어 햇살보다는 먹구름에 둘러싸여 비참했던 시간이 더 많았다.

다시 시작되고 있는 지금의 인생이 햇살이었다.

"아직 저는 박 대표님이 말씀하신 그러한 경험을 가지고 있지 않습니다. 빠른 변화에 적응하기 위해 치열한 전쟁이 벌어지고 있는 무선호출기 시장에서 저나 블루오션의 직원들은 어찌 보면 천천히 가는 사람입니다. 하지만 우린 뒤로는 가지 않습니다. 또한 다른 회사들처럼 그때그때의 유행을 좇는 회사도 아닙니다. 블루오션은 유행을 만들어내고 창조하는 회사니까요."

박명준은 내 말에 다시금 크게 웃으며 말했다.

"하하하! 정말 그 패기는 인정하겠습니다. 재즈—1이

그냥 나올 수 없다고 생각했었는데, 그 모든 게 강 대표님의 역량이라는 것을 오늘 알게 되었습니다. 블루오션과 재즈-1을 넘기는 조건으로 얼마면 되겠습니까? 100억 아니면 150억까지는 가능합니다."

박명준이 말한 150억이란 돈은 결코 적은 금액이 아니었다.

기술력을 인정받고 있다지만 생긴 지 1년밖에 안 된 15명의 소기업을 150억에 사준다는 것은 통 큰 베팅이었다.

"블루오션을 높게 보아주신 것에는 감사합니다. 하지만 저는 그럴 마음이 없습니다."

나는 박명준의 제의를 정중히 거절했다.

"물론 지금 결정하시라고 말씀드린 게 아닙니다. 한두 주생각해 보시고 연락 주십시오. 강 대표님께서 다르게 원하시는 조건이 있으시면 그때 말해주셔도 됩니다. 제가 최대한 강 대표님의 조건을 들어드리겠습니다. 그리고 다음 주에 이곳에서 무선통신업체 대표들의 모임이 있습니다. 그때 강 대표님도 오셨으면 좋겠습니다."

"생각을 해보겠습니다만 그리 변할 것 같지 않습니다. 초대는 감사합니다."

"그래요, 시간은 아직 많으니까. 그럼 저는 일이 있어 먼저 일어나 보겠습니다. 강 대표님을 알게 되어 유익한 시간이었습니다."

"저도 박 대표님께 많은 걸 배운 시간이었습니다."

박명준은 내 말에 살짝 미소를 보이고는 자리를 떠났다.

그가 떠난 후에 나는 창밖으로 보이는 남산을 바라보며 여러 생각에 빠졌다.

박명준이 나에게 들려준 이야기는 분명 자신의 경험에서 나온 말이었다.

그는 40대에 수많은 경쟁자를 물리치고 지금의 자리에 올라선 인물이다.

분명 박명준은 큰 회사를 이끌어가는 능력과 실력을 갖추었을 것이다.

그는 수백 명의 직원을 거느리고 있는 필립스코리아의 사장이다.

회사를 운영하고 이끌어가는 것에 있어서는 그가 나보다 훨씬 경험이 많았다.

나는 이제야 조금씩 회사를 경영하는 경험과 지식을 습득하고 있을 뿐이다.

'그의 말이 전부 틀리지는 않아. 하지만 내 신념과 다른 부분이 너무 많을 뿐이지… 회사를 운영하는 CEO의 대다수가 박명준과 같은 생각을 하는 것일까? 이전의 삶 속에서……'

나도 과거로 오기 이전에는 보통 사람들처럼 직장생활을 했었다.

좋은 기억보다는 안 좋은 기억이 많았다.

온종일 상사가 시키는 일만 하는 것이 답답했지만, 어느 날부터 그러한 것이 편해졌다.

하지만 그때부터 나란 존재감이 점점 사라지며 회의감이 들기 시작했다.

내가 알지도 못하는 사이에 고이고 멈춰 버린 삶에 녹이 슬고 있었다.

난 직장에 입사한 지 얼마 되지 않아 내가 갖춘 능력이 어느 정도인지를 정확히 알게 되었다.

그때부터였을 것이다.

학창시절부터 가져오던 꿈을 완전히 접었다.

한평생 가난에서 벗어나기 위해 성실히 일만 하시던 부모님을 호강시켜 드리고 좋은 집을 장만하겠다는 소박한 꿈을.

가난한 집에 태어났지만 남들보다 두 배 노력하고 더 열심히 일한다면 달라질 거라는 희망은 직장생활로는 이룰 수가 없었다.

집안의 빚 때문이었다.

어쩌면 아버지의 보증만 잘못되지 않았다면 가능했을지

도 모른다.

하지만 현실은 그렇지 못했다.

청춘을 빚을 갚는 데에 소비해 버리자, 언제부턴가 일확천금이라는 말이 내 희망이 되었다.

그것이 내가 주식을 하게 된 시발점이었다.

"후후! 별생각이 다 드는구나. 지금은 그때의 내가 아니잖아."

그때였다.

창밖으로 눈송이가 하나둘 떨어지기 시작했다.

올해의 첫눈이 내리고 있었다.

"첫눈인데 이러고 있을 수는 없지."

나는 자리에서 일어나 전화기가 있는 곳으로 향했다.

가인이와 예인이에게 삐삐를 치기 위해서다. 두 사람에게 재즈—1을 선물했었다.

이제 얼마 남지 않은 대입학력고사에 마지막 힘을 쏟고 있었다.

첫눈이 오는 기념으로 두 사람에게 맛있는 저녁을 사주고 싶었다.

소냐는 한글학당에서 만난 외국인 친구들과 제주도로 여행을 떠났다.

전화기를 들자 가인이의 목소리가 들렸다.

—여보세요?

"나야, 공부는 잘하고 있지?"

—알면서 물어. 왜 내 목소리가 듣고 싶었어?

"그래, 무지무지 듣고 싶었다.

—새삼스럽게 애정 표현 하는 거냐? 마음 심란하게 시리.

"지금 밖에 첫눈 온다. 예인이 데리고 나와. 오빠가 힘내라고 맛있는 저녁 사줄 테니까.

—첫눈이 온다고?

"그래, 명동에 있는 롯데호텔 알지? 거기로 나와. 지금이 5시 30분이니까, 1시간 후에 보자.

—시험이 코앞이지만 그래도 첫눈이 내리니까 나가야겠지?

"머리도 식혀가면서 해야 공부도 잘되는 거야."

—하여간 알았어. 나 오늘 공부 못해서 서울대 떨어지면 오빠 때문이다.

"뭔 소리냐?"

—서울대 떨어지면 나 재수 안 하고 시집이나 가려고.

"누가 너 같은 애 데려간데?"

—있어, 데려갈 사람. 나갈 준비 해야 하니까 끊는다.

딸각!

수화기를 내려놓고 나도 모르게 가인이의 말에 피식 미

소가 지어졌다.

*　　　*　　　*

한 시간 뒤에 롯데호텔 정문에서 가인이와 예인이를 만날 수 있었다.

요새 대입학력고사 때문에 잠을 적게 자서 그런지 둘 다 피곤한 기색이 역력했다.

희고 깨끗하던 피부도 생기를 잃고 푸석거렸지만 두 사람의 미모는 지나가는 사람들의 시선을 끌기에 충분했다.

공부 때문에 신경을 못 써서인지 가인이는 머리가 꽤 길었다. 그래서 더욱 여성스러운 모습이었다.

하늘에서는 계속 눈이 내리고 있었다. 쉽게 그칠 눈은 아니었다.

"오빠에게 이런 낭만이 있었나?"

가인이가 반가운 표정으로 말했다.

"야! 말이라고. 이 오빠가 낭만 빼면 시체 아니냐."

예인이가 내 말에 맞장구를 쳐주었다.

"언니는, 태수 오빠가 얼마나 낭만이 넘치는데. 난 오빠가 첫눈이 오는 날을 그냥 지나치지 않는다는 걸 알았다니까."

그리고는 내 옆으로 다가오며 자연스럽게 팔짱을 꼈다.

"역시! 예인이는 이 오빠에 대해 잘 알고 있어."

"허! 언제부터 두 사람이 그렇게 잘 통했어?"

가인이가 어이없다는 표정을 지었다.

"항상 잘 통했지. 그렇지, 예인아?"

"맞아. 오빠 뭐 사줄 건데?"

"우리 예인이가 먹고 싶은 건 뭐든지."

"아이! 좋아라. 우리 오빠 최고."

예인이는 엄지손가락을 치켜들며 말했다.

"아이, 예뻐라! 우리 귀염둥이."

나는 예인이의 볼을 당기며 말했다.

예인이는 나의 말장난을 아주 잘 받아주었다.

그 모습을 보고 있던 가인이는 못 볼 꼴을 봤다는 표정으로 우리 두 사람을 밀치고 호텔 안으로 혼자 들어가 버렸다.

우리가 향한 곳은 김은미를 통해 알게 된 고급 레스토랑인 다비드 뒤땅이었다.

첫눈이 내리는 날이어서인지 레스토랑 안에는 사람이 많았다.

눈이 내리기 시작할 때 바로 예약전화를 걸지 않았다면

창가 자리를 얻지 못했을 것이다.

"여긴 언제 와 본 거야?"

가인이가 창밖으로 펼쳐진 명동거리를 바라보며 물었다.

눈이 내리고 있는 명동의 야경은 아름다웠다.

"회사 일로 여기서 사람을 만났었는데 이런 날에는 이곳이 잘 어울릴 것 같아서. 음식 맛도 괜찮고."

"음식값도 꽤 비쌀 것 같은데?"

예인이가 레스토랑의 이곳저곳을 살피며 말했다. 고급스럽게 꾸며놓은 실내 장식은 흔하게 볼 수 있는 게 아니었다.

"조금 비싼 편이지만 두 분을 모시는 자리인데, 이 정도는 되어야지요."

"아부도 많이 늘었어."

가인이는 싫지 않은 표정으로 말했다.

그때 레스토랑 직원이 주문을 받으려고 왔다.

"주문을 도와드리겠습니다."

직원의 말에 메뉴판을 살펴보았다. 메뉴판 중에서 가장 비싼 것을 선택했다.

"주방장 스페셜 요리로 주세요. 요리에 잘 어울리는 와인도 한 병 주시고요."

"알겠습니다. 감사합니다."

주문을 받아 적은 직원이 고개를 숙이며 돌아갔다.

"오늘 너무 무리하는 것 아니지?"

가인이도 메뉴판에 적힌 음식 가격에 살짝 놀란 표정이었다.

"오늘은 왠지 무리 좀 하고 싶다. 야아! 이젠 완전히 함박눈이네."

내 말에 가인이와 예인이가 창밖으로 시선을 돌렸다.

하늘은 온통 흰 눈으로 수놓아져 있었다.

길을 걸어가는 사람들 모두가 한 번씩 손을 내밀며 내리는 눈을 잡는 모습이 보였다.

다들 첫눈을 아주 오랫동안 기다려 온 사람들처럼.

그러한 광경을 바라보고 있는 가인이와 예인이의 모습이 너무나 예뻐 보였다.

창밖을 바라보려고 내 옆에 앉아 있던 가인이의 손이 살며시 내 손 위로 포개졌다.

그 따스한 느낌 때문인지 올겨울은 왠지 그리 춥지 않을 것 같다는 생각이 들었다.

*　　　*　　　*

12월에도 블루오션의 재즈-1의 인기는 식을 줄 몰랐다.

여명의 눈동자가 국민들에게 신드롬을 일으키고 있다면 무선호출기 시장에서 재즈(Jazz)—1이 그 역할을 담당하고 있었다.

그 때문인지 블루오션의 개발진에게 접근하는 회사가 늘어났다.

하지만 블루오션의 직원들은 흔들림 없이 재즈—2의 개발에 여념이 없었다.

블루오션을 필두로 도시락과 닉스, 그리고 명성전자와 비전전자까지 어느 곳 하나 한가로운 회사가 없었다.

모든 회사가 작년과 비교할 수 없는 매출과 가파른 성장세를 이루어냈다.

아침부터 순회하듯이 각 회사를 돌면서 결재 업무와 중요한 보고만 듣고는 회사에는 머물지 않았다.

내가 자리에 머물지 않아도 회사는 유기적으로 잘 돌아갔다.

직원들 모두 각자 맡은 일에 최선을 다했고 회사 생활에 만족했다.

그러던 중에 한 인물이 날 찾아왔다.

러시아에서 한국으로 입국할 때 김포공항에서 보았던 인물이었다.

그때 그는 나에게 삼정실업 박영철 차장이라는 직함이

적혀 있는 명함을 건네주었다.

"오랜만입니다, 강 대표님."

그의 뜻밖의 방문이 별로 달갑지 않았다. 그는 국가안전기획부에 속해 있었다.

"아! 예, 무슨 일 때문이시죠?"

"강 대표님과 상의드릴 일이 있어서 찾아왔습니다. 너무 경계하지 않으셔도 됩니다. 전 강 대표님을 도와드리려고 하는 사람이니까요."

그는 내 말투와 표정에서 자신을 경계하는 것을 느낀 것 같았다.

"저와 상의할 일이라니요? 저는 회사를 운영하는 사람일 뿐입니다."

"하하! 물론 그러시죠. 스무 살의 나이에 여러 개의 회사를 소유하시고 매출도 장난이 아니더군요. 더구나 김만철 같은 북한 해상저격여단 출신의 인물도 휘하에 두시고. 보통 사람이 이해하기 힘든 일이지요."

박영철은 김만철에 대해 알고 있었다. 그리고 나에 대해서도 조사를 한 것 같았다.

"김만철 씨는 러시아 국적을 가지고 계신 분입니다. 더구나 그분은 도시락의 정식 직원입니다."

"하하하! 맞습니다. 공식적으로 러시아 국적을 갖고 있지요. 하지만 그전에는 북한이 자랑하는 영웅이자 인간 흉기였지요. 한때 김만철 때문에 저희 요원이 어려움을 많이 겪었습니다. 뭐, 이건 그냥 여담으로 한 말입니다. 그걸 따지러 온 것은 아닙니다. 강태수 대표님께 도움을 받고 싶어서 왔습니다."

"제가 안기부에 도움을 드릴 만한 게 있겠습니까?"

"물론입니다. 강 대표님이 보리스 옐친 대통령의 목숨을 구했다는 사실을 알고 있습니다. 이번 달에 러시아의 모든 권한과 권력이 보리스 옐친 대통령에게 넘어갑니다. 러시아가 이젠 완전히 옐친 대통령의 손아귀에 떨어진 것이지요. 한데 문제는 그 과정에서 러시아군의 장성 몇몇이 북한에 미그(MiG)-29기 15대와 함께 그와 관련된 생산 기술을 넘기려고 한다는 첩보를 입수했습니다. 지금 러시아 군부는 큰 변화를 맞이하고 있습니다. 한데 그걸 통제할 수 있는 장치가 현재로서는 저희에게 없습니다. 만약 북한에 미그-29기의 기술이 넘어간다면 남북한의 군사력에 중대한 영향을 끼치게 됩니다. 그걸 막기 위해서는 옐친 대통령에게 남북한의 특수한 상황을 정확하게 전해야만 합니다."

북한은 1988년에 미그-29기를 구소련에서 처음 도입했다.

박영철의 말처럼 러시아는 지금 큰 변화를 맞이하고 있

었다.

그 과정에서 러시아 군대 또한 개혁의 소용돌이 속으로 떨어진 상태다.

더구나 소비에트연방에서 독립한 나라들에 있던 구소련의 군기지에서 빠져나온 무기가 암시장으로 빠르게 흘러들어갔다.

러시아와 수교가 이루어진 것이 얼마 되지 않아서인지 국가안전기획부는 아직 러시아에 뿌리를 완전히 내리지 못했다.

오히려 국가안전기획부에 해당하는 북한의 국가보위부 활동이 더 활발했다.

박영철은 나와 옐친의 친분 관계를 이용하려는 것이다.

"저는 박 차장님이 생각하신 만큼 옐친 대통령과의 관계가 깊지 않습니다."

나는 박영철의 뜻을 따를 생각이 없었다. 아니, 정부와 연관되고 싶은 마음이 전혀 없었다.

"하하하! 안기부의 정보력은 다른 나라의 정보부와 비교해도 그리 떨어지지 않습니다. 강 대표님이 일반인으로서는 러시아에서 유일하게 옐친 대통령과 독대를 할 수 있는 외국인이라는 사실도 알고 있습니다."

"글쎄요. 그건 잘못된 정보인 것 같습니다. 옐친 대통령과의 인연은 부정하진 않겠습니다. 하지만 박 차장이 생각 하시는 것만큼은 아닙니다."

박영철의 말은 사실이었다.

내가 원하면 옐친 대통령은 언제든지 날 만나주겠다는 말을 여러 번 했었다.

이러한 옐친의 관심 때문인지 러시아 대사 부부하고도 두 번이나 식사를 같이했었다.

"나라의 안보와 국익에 관련된 사안입니다. 대한민국의 국민으로서 외면해서는 안 되는 일입니다. 저희를 도와주 십시오. 그러면 저희도 강 대표님이 하시는 일을 돕겠습니 다."

박영철은 전혀 물러설 생각이 없어 보였다.

"국가의 안보와 국익에 관한 일은 박 차장님이 맡으신 일 입니다. 저는 그러한 일에 대해 관여하고 싶은 마음이 없습 니다. 설사 제가 나선다고 해도 세계를 주름잡고 있는 러시 아의 대통령이 제 말을 따른다고는 상식적으로 말이 안 됩 니다."

나는 사업가였다.

사업적인 부분 외에 다른 것을 요구하는 순간 나와 옐친 의 관계는 금이 갈 수밖에 없다.

나라를 위한 일이라고는 해도 결국 대한민국의 이익을

위해 나서는 것이다.

정치적인 일이나 외교적인 일은 그와 관련된 인물이 나서서 해결해야 한다.

개인이 국익을 위해 나섰다가 잘못된 일들을 잘 알고 있었다.

정부는 음지에서 벌어진 일이라 적극적으로 나서지 못했고 결국 자신들과는 관계없는 일이라는 입장만 내세웠다.

나라를 위해 일했지만 정작 국가는 국민을 배신하고 말았다.

그 또한 국익을 위해서라는 핑계로 말이다.

"오늘은 여기까지만 하고 다음에 다시 찾아뵈겠습니다. 제가 한 말을 생각해 보십시오. 결코 강 대표님께 해가 되는 일이 벌어지지 않게 조치할 것입니다. 그리고 지금 정부에서 시베리아와 연해주 개발 사업을 정부 차원에서 적극적으로 검토하고 있습니다. 저희가 이 사업을 강 대표님께 밀어드리겠습니다. 한번 생각해 보시길 바랍니다."

박영철이 말한 시베리아와 연해주 자원 개발 사업은 현대그룹 정주영 명예회장이 기업 차원에서 추진하던 일이었다.

작년에 정주영 회장은 고르바초프 대통령을 비롯하여 소련연방과 러시아공화국 고위 관료들을 만나 시베리아와 연해주 자원 개발에 대해 집중 논의를 했다.

더욱이 몽골의 자치공화국인 칼믹공화국의 관리들과 천연가스와 석유 개발 사업에 참여한다는 협정서까지 맺었지만, 정부의 소극적인 대응과 소련에서 발생한 쿠데타로 인해 사업이 멈춰진 상태였다.

다시금 정부가 그 카드를 만지작거리고 있었다.

"생각은 해보겠습니다. 기대는 하지 마십시오."

박영철은 내 말에 아무런 반응을 보이지 않고는 자리를 떠났다.

국가안전기획부는 나에 대해서 여러 가지 상황을 조사한 것이 분명했다.

다행인 것은 티토브 정과 드리트리 김에 대한 언급은 없었다. 하지만 언제 두 사람에 대해서도 알게 될지 몰랐다.

내가 알고 있는 바로는 북한은 공군현대화 계획의 목적으로 러시아와 합작하여 미그(MiG)─29기 생산 시설을 공급받았다.

1992년 4월에 김일성 주석의 생일을 기념해 부품을 공급받아 조립 생산된 미그─29기 2대가 기념 비행을 했었다.

그 후 러시아의 경제난으로 부품이 제때 공급되지 않았고, 부품 공급의 지급 조건 또한 현물이 아닌 국제통화로 바뀌게 되자 외화가 부족한 북한은 지급하지 못했다. 그 이후로 상당 기간 생산이 중단되었다.

문제는 단순한 조립 기술이 아니라 생산 기술과 전투기를 설계할 수 있는 기술까지 전수된다면 상황은 달라질 수 있다.

러시아는 구소련 때부터 철저하게 전투기 설계의 핵심 기술에 관해서는 절대로 외부로 유출하지 않았다. 그러한 점은 미국이나 유럽도 마찬가지였다.

만약 북한이 자체적으로 미그—29기의 핵심 부품을 생산하고 전투기를 조립한다면 남북한의 군사력 불균형은 물론, 동북아의 군사력에도 큰 변화를 줄 수 있었다.

북한의 군사력을 상당 부분 공군력으로 커버하는 대한민국의 입장에서는 큰일이 아닐 수 없었다.

하지만 그러한 일은 내가 알고 있는 과거에서는 일어나지 않았다.

"러시아에서 일어난 변화가 실제 역사보다 더 크게 작용하는 것인가?"

실제로 소비에트연방의 해체 이후 구소련의 군사기지에서 흘러나온 무기들이 무기암시장에서 공공연하게 판매되고 유출되었다.

소문에는 우크라이나에 위치한 군기지에서 핵탄두까지 흘러나왔다고 했지만, 그 소문을 확인해 줄 사람은 아무도 없었다.

이러한 소문은 여러 가지 소설이나 영화 소재로도 활용되기도 했다.

실제로 드리트리 김이 가지고 나온 기밀문서는 최신 전투기인 수호이(SU)—30와 관련된 문서가 있었다.

그와 관련된 서류를 아직 확인하지는 않았지만 러시아제 첨단 무기와 관련된 문서도 섞여 있었다.

내가 알지 못하는 변화들이 실제 역사를 뒤틀고 있는지도 모르는 일이었다.

*   *   *

나는 곧장 김만철과 티토브 정을 만나 박영철에게 들었던 이야기를 전했다.

"음, 안기부에서 대표님과 저희를 감시하고 있을 수도 있습니다. 좀 더 행동에 조심해야겠습니다."

김만철의 말처럼 나의 일상을 지켜보거나 미행할 수도 있었다.

"우선 대표님이 쓰는 전화기와 사무실을 점검해 봐야겠습니다."

티토브 정은 혹시나 모를 안기부의 도청을 염려했다.

내가 국가의 감시 대상이 될지 전혀 생각지도 못한 일이었다.

"설마 도청장치를 설치했으려고요."

"정 대리의 말에 따르는 것이 좋겠습니다. 느낌이 좋지 않습니다. 저도 경험해 봤지만 안기부 놈들은 질이 영 좋지 않습니다."

김만철은 적대적인 관계 속에서 안기부 요원과 많이 마주쳤었다. 그랬기에 국가안전기획부에 속한 인물을 좋게 보지 않았다.

"음, 알겠습니다. 박영철 차장이 이대로 물러날 것 같지는 않습니다. 두 분이 움직이실 때 각별히 조심하셔야 할 것 같습니다."

"나야 안기부 애들이 알고 있으니까 그냥 원래대로 행동하면 될 것 같습니다. 정 대리와 김 대리는 아직 파악되지 않았으니까 저희와 별도로 움직이게 하는 것이 나을 것 같습니다."

김만철의 말처럼 안기부에서는 티토브 정과 드리트리 김은 별도로 주시하지 않은 것 같았다.

그들이 가지고 있는 정보 파일에도 두 사람의 정보는 없다고 봐야 했다.

　직원들이 모두 퇴근하기를 기다린 후에 회사별로 대표 사무실을 철저하게 조사했다.

　김만철과 함께 늦은 저녁을 먹는 사이 티토브 정과 드리트리 김이 조사를 진행했다.

　두 사람은 이 분야에서 베테랑이었다.

　닉스와 비전전자의 대표실에는 아무런 흔적이 없었다.

　하지만 명성전자와 도시락의 대표실에는 책상과 전화기에 소형도청장치가 설치되어 있었다.

　언제부터 감시가 이루어졌는지는 모르겠지만 아마도 러시아로 출장을 다녀온 이후부터일 것이라는 추측이 들었다.

　티토브 정에게서 전화 보고를 받는 순간 기분이 묘했다.

　영화 속에서나 보던 일이 나에게 실제로 일어난 것이다.

　"알겠습니다. 수고하셨습니다."

　내 옆에서 모든 이야기를 듣고 있던 김만철은 모든 걸 예상했다는 표정이었다.

　이대로 그냥 있을 수는 없었다.

　뭔가 대책을 세워야만 했다.

Chapter 2

　일단은 안기부의 감시를 모른 척하기로 했다.

　도청 장치를 제거해서 감시하는 자들에게 더욱 경계심을
심어줄 필요는 없었다.

　나를 바라보던 안기부 박영철 차장의 눈빛은 마치 괴물
바라보듯 했다.

　이제 겨우 스무 살의 나이에 매출액만 수백억 원에 달하
는 회사들을 거느리고 있는 것이 믿어지지 않는다는 표정
이었다.

　더구나 공업고등학교 출신이면서도 서울대학교 수석입

학이라는 명예까지 가지고 있었다.

거기에다가 러시아의 권력을 장악한 옐친 대통령은 나를 특별히 대했고, 도시락의 러시아 현지 공장 설립에도 많은 특혜를 주었다.

박영철의 말처럼 내가 요청한다면 보리스 옐친 대통령을 원하는 때에 만날 수 있었다.

물론 그 관계가 영원히 지속될 수는 없다. 그는 한 나라의 대통령으로 늘 시간이 부족한 사람이었다.

내가 옐친 대통령에게 러시아를 이끌어 나가는 데 필요한 도움을 준다면 그 시간은 계속될 수도 있을 것이다.

앞으로 중요한 전화나 대화는 도시락과 명성전자의 대표실에서는 하지 않기로 했다.

티토브 정과 드리트리 김과의 전화는 새롭게 설치된 전화기로만 통화를 하기로 했다.

또한 순간적으로 도청을 방해하는 장치를 명성전자와 도시락의 대표실에 설치했다.

이 장치를 켜는 순간 도청 장치에 잡음이 잡힌다.

어쩌면 지금의 감시는 나의 약점을 잡기 위해서일지도 모른다.

털어서 먼지가 안 나올 수 없다는 말처럼 안기부는 목적을 이루기 위해 내 약점을 잡으려고 전방위로 압박이 들어

올지도 모른다.

모든 것을 충분히 생각하고 대비해서 움직여야만 했다.

이런저런 일로 바쁘게 지내는 동안 가인이와 예인이의 대입학력고사를 치르는 날이 다가왔다.

12월 17일인 내일은 대입학력고사를 치르는 날이다.

실수만 없다면 두 사람은 충분히 서울대에 합격할 실력이었고 가인이와 예인이가 다니는 학교에서도 서울대에 합격할 것을 예상했다.

가인이는 나와 같은 경영학과를 지원했고 예인이는 법대를 지원했다.

송 관장을 대신해서 가인이와 예인이의 학교를 방문해서 담임선생님과 진로에 대해 상담했다.

사실 가인이는 예인이와 같이 법대를 생각했었다. 하지만 내 영향 때문인지 경영학과로 방향을 바꾸었다.

현재 담임선생님이나 학교에서는 서울대 합격보다 더 나은 결과를 기대하고 있었다.

가인이와 예인이는 내일 치러지는 시험에 대한 압박감으로 무척 긴장했다.

나 또한 시험 전날 느꼈던 긴장감은 이루 말할 수 없었다.

이런 날은 시험공부를 한다고 해도 머리에 잘 들어오지 않는다.

나는 두 사람을 데리고 홍대에 위치한 재즈카페인 블루문으로 향했다.

소냐는 여행을 다녀온 후 잠시 러시아로 가족들을 만나러 간 상태다.

오늘따라 카페는 한가했다. 마침 또 블루문에서 음악 공연이 없는 날이다.

"어! 어쩐 일이에요?"

카페 사장이자 재즈피아니스트인 김찬우는 우리를 발견하고는 반가운 표정으로 테이블로 다가왔다.

"이 두 친구가 내일 학력고사를 치르는데 저녁을 먹으려고 나왔습니다. 그리고 무대에서 노래도 좀 부르려고요."

내 말에 가인이와 예인이가 놀라는 표정이었다. 그런 말 없이 저녁을 먹자고만 했다.

"나야 대환영이지. 오늘은 공연도 없으니까 마음껏 불러요. 나도 두 사람의 노래가 정말 듣고 싶었거든. 그때의 감동이 아직도 생생하다니까."

김찬우는 내 말에 매우 반가워했다.

"뭐냐? 저녁 먹자고 해서 따라왔는데."

가인이가 생각지 못한 내 말에 반문했다.

"긴장 좀 풀어주려고. 나도 작년에 오늘이 얼마나 시간이 안 가고 힘들었는지 몰라. 밤새 긴장해서 잠도 잘 못 잤다니까. 여기서 연주도 하고 노래도 부르면 시험에 대한 긴장감을 조금은 풀 수 있을 거야."

"후! 정말 빨리 내일이 왔으면 좋겠다. 답답하고 긴장돼서 머릿속이 멍해."

예인이가 내 말에 호응하듯 말했다.

"맛있는 요리를 준비해 줄 테니까, 멋진 노래와 연주 좀 부탁해요. 오빠분의 말처럼 음악은 사람의 마음을 진정시켜 주고 긴장감을 해소해 줘요. 옛날이나 지금이나 음악으로 병을 치료하기도 하잖아요."

김찬우의 말처럼 음악은 사람의 마음을 움직이고 기분을 풀어주는 좋은 치료제였다.

손님도 우리를 포함해서 일곱 명이 전부였다.

이전에 노래를 불렀던 날과 달리 관객도 없었기에 아무런 부담감이 없었다.

김찬우의 말이 끝나자 가인이와 예인이가 자리에서 일어나 무대로 나아갔다.

조명이 꺼져 있었던 무대에 다시금 불이 켜지고 마이크에 전원이 들어오자 두 사람의 목소리가 카페 안에 울려 퍼지기 시작했다.

처음 노래는 김현식의 '내 사랑 내 곁에' 였다.

"나의 모든 사랑이 떠나가는……."

김현식 사후에 발표된 노래로 그의 까칠한 음색을 통해서 서정적 노랫말에 담긴 고독감이 잘 표현되었다.

더구나 기교에 젖지 않은 진솔한 창법에서 나오는 그의 우수 어린 목소리 때문에 지금도 크게 히트하고 있었다.

가인이와 예인이의 목소리는 김현식과는 다르지만 두 사람의 맑고 개성 있는 목소리와 감정이 고스란히 실려 마음에 울림을 주기에 충분했다.

노래가 끝나자마자 김찬우를 비롯한 카페에 있는 모든 사람이 힘차게 박수를 쳐주었다.

"역시! 두 사람의 목소리와 화음은 최고라니까."

김찬우는 엄지손가락을 치켜들며 가인이와 예인이를 칭찬했다.

두 사람은 팝송 한 곡을 더 부른 후에 무대에서 내려왔다.

"어때, 기분이 좀 풀려?"

"어! 훨씬 좋네."

"오빠가 언니와 날 너무 잘 아는 것 같아."

가인이와 예인이 모두 만족한 표정이었다.

내가 볼 때도 처음 블루문에 들어설 때보다 긴장이 많이 풀린 모습이다.

"당연하지! 같은 집에 사는 식구가 그 정도도 모르면 쓰나."

"고마워. 여러모로 오빠가 신경 써주니까 좋다. 마음이 많이 편해졌어."

가인이는 날 보며 환한 미소를 지었다.

"그러게 말이야. 오빠가 없었으면 정말 어떡할 뻔했을까. 대학교에 들어가게 되면 더 잘해줘야 해요, 선배님"

예인이는 자신감 넘치는 말을 했다.

"그건 걱정하지 마세요. 예인이도 나중에 판사님이나 검사님이 되시면 잘 부탁드립니다."

난 예인이에게 고개를 숙여 인사했다.

"오빠는 무조건 무죄로 해줄게."

예인이는 당연하다는 듯이 말했다.

"그러다가 잘못되면 어떡하려고 그런 말을 하시나?"

"오빠가 범죄를 저지를 사람도 아니잖아. 만약 그렇게 된다고 해도 오빠는 그냥 풀어줄게. 뭐, 잘못되면 오빠가 책임져야지. 그렇게 되면 변호사도 못할 수도 있으니까 말이야."

"후! 책임질 사람이 많아서 걱정이다. 가인이는 대학 떨어지면 책임지라고 하고, 예인이는 백수가 되면 책임져야 하잖아."

"오빠는 돈 잘 벌잖아. 언니하고 난 밥도 많이 안 먹어. 뭐, 정 안 되면 내가 빨래하고 밥하면 되지."

"맞아! 예인이는 음식을 잘 만드니까 그것도 나쁘지 않은데. 우리 가인이는 뭘 잘하는 게 있나?"

예인이의 말에 맞장구를 치면서 가인이를 보았다.

"나도 잘하는 거 있지. 오빠를 가르치는 건 나보다 잘할 사람이 없을걸. 요새 내가 좀 소원했지? 시험 끝나면 좀 한가해지니까 특훈 좀 하자고."

나를 바라보며 말하는 가인이의 눈빛에서 오싹한 한기가 느껴졌다.

"오빠가 농담 한번 한 걸 가지고 정색을 하긴. 우리 가인이하고 예인이는 예뻐서 다른 걸 못해도 괜찮아."

난 재빨리 화제를 돌렸다. 괜히 긁어 부스럼을 만들 필요는 없었다.

가인이가 마음만 먹으면 내 몸이 남아나지가 않는다.

"잘 알고 있네. 어디 가서 둘러봐 봐. 이런 미인을 만날 수 있나."

가인이는 길어진 머리를 뒤로 넘기며 말했다.

"정말 두 분 다 이전보다 훨씬 예뻐진 것 같아요."

때마침 요리를 직접 가지고 오던 김찬우가 말했다.

"고맙습니다.. 예쁘게 봐주셔서."

예인이가 그 말에 고개를 숙이며 말했다.

"지금 당장에라도 미스코리아에 나가면 진 아니면 선은 맡아놨다니까요. 언니가 진이 될지 동생이 선이 될지는 모르지만 말이야. 내가 볼 때는 우열을 가리기가 정말 힘들어요."

김찬우의 말처럼 가인이와 예인이는 서로 다른 아름다움과 매력을 지녔다.

피어나는 꽃봉오리처럼 점점 더 그 아름다움이 한껏 드러나고 있었다.

가인이와 예인이는 식사를 마치고 다시금 노래 두 곡을 부르고는 블루문을 나섰다.

김찬우는 대입학력고사를 마치고 나면 블루문에서 노래를 불러달라고 부탁했다.

이전과는 달리 두 사람은 거절하지 않고 생각을 해보겠다는 말을 전했다.

집으로 돌아온 가인이와 예인이는 특별한 공부 없이 일찍 잠자리에 들었다.

요 며칠간 긴장감으로 잠을 설쳤던 두 사람은 편안한 마음으로 잠을 잘 수 있었다.

가인이와 예인이가 시험을 치르는 중학교에는 많은 사람이 이른 아침부터 수험생을 응원하기 위해 나와 있었다.

나는 가인이와 예인이를 그곳까지 데려다주었다.

그리고 두 사람이 잠들어 있는 사이에 있는 솜씨 없는 솜씨를 발휘에서 만든 도시락을 건네주었다.

"잘해야 한다. 파이팅!"

"고마워, 오빠. 시험 잘 볼게."

가인이는 도시락을 받아 들고는 기분 좋은 표정을 지었다.

"이 도시락 보니까 느낌이 좋은데. 잘 보고 올게."

가인이는 나의 눈을 정면으로 응시하며 말했다.

"그래, 실수만 안 하면 돼. 시험 끝나고 오면 원하는 거 다 해줄 테니까."

내 말에 두 사람은 고개를 끄떡이며 시험장 안으로 들어갔다.

과거로 넘어와 처음 만든 인연이 가인이와 예인이, 그리고 송 관장이었다.

어느새 두 사람은 가족처럼 소중한 사람이 되었고 내 마음속에서 크게 자리 잡았다.

내가 생각하고 있는 만큼 가인이와 예인이도 날 소중하게 생각하고 잘 따라주었다.

특히나 가인이는 날 그 이상의 감정으로 대했고 늘 내 옆에 있길 원했다.

그러한 감정을 이젠 숨기지 않았다.

시험이 끝나기를 기다리는 시간 내내 마치 내가 수험생이 된 것처럼 무척이나 초조했다.

시험이 끝나는 시간이 되자 난 득달같이 수험장으로 달려갔다.

수많은 학생이 서로 다른 표정으로 수험장을 빠져나왔다.

5분 정도 기다리자 가인이와 예인이가 모습을 보였다.

"설마 여기서 계속 기다린 것은 아니지?"

가인이가 반갑게 손을 흔드는 날 발견한 후 물었다.

"그거야 물론이지. 난 저 어머님들을 따라갈 수는 없겠더라. 시험은 잘 봤어?"

오늘도 추웠다.

대입학력고사를 보는 날은 늘 추웠다.

시험이 치러지는 학교 정문에서 이 추운 날 자신의 자녀를 응원하며 떠나지 않는 어머니들은 정말 대단했다.

"우선 이것부터 좀 받아. 예인이도 오빠에게 줘."

가인이는 가방을 나에게 넘기며 말했다. 예인이도 가인이의 말에 나에게 가방을 주었다.

가방을 받자마자 가인이는 두 팔을 쭉 올리며 기지개를 켰다.

"눈이 올 것 같네."

"그러게. 하늘이 꾸물꾸물하네."

내 말에 대답하지 않고 두 사람은 엉뚱한 말을 했다.

"시험을 잘 봤냐니까?"

"왜? 너무 걱정돼? 서울대 떨어지면 오빠한테 시집갈까 봐?"

가인이는 날 바라보며 물었다.

"언닌 너무 노골적이다. 나도 태수 오빠가 좋은데 말이야. 와! 언니가 오빠에게 시집가면 형부라고 불러야 하네."

두 사람은 동문서답하며 날 놀리고 있었다.

"장난하지 말고. 시험은 어떻게 됐어?"

"저 표정 봐. 시험 걱정이 아니라 내가 시집올까 봐 걱정하는 모습 같은데."

가인이는 끝까지 날 가지고 놀렸다. 정말 내가 이길 수 없는 존재다.

"그게 아니잖아. 아휴! 답답해."

"깔깔깔! 역시 내 예상을 벗어나지 않는 모습이 난 참 좋

아. 걱정하지 마세요, 강태수 씨. 이렇게 옆에서 팔짱 끼고 학교에 같이 다닐 것 같으니까."

큰 소리로 웃은 가인이가 내 옆으로 다가와서는 오른팔에 팔짱을 끼었다.

"그럼 난 이쪽을 끼고 다녀야겠네."

예인이도 팔짱을 끼며 말했다.

"시험 잘 봤구나."

"뭐 그런 대로 봤지. 오빠처럼 만점은 아니겠지만 생각만큼 점수는 나올 것 같아."

"예인이도?"

난 예인이를 바라보며 물었다.

"언니가 잘 보면 나도 잘 보지."

예인이는 밝은 웃음을 띠며 말했다.

"휴! 다행이다. 내가 얼마나 마음 졸이고 있었는데. 수험생을 둔 부모의 마음을 알겠더라고."

난 두 사람의 말에 안도의 한숨을 내쉬었다.

"오늘은 오빠가 우리 종이 된다고 했지?"

순간 가인이가 섬뜩한 말을 했다.

"종이 아니라 원하는 거 다 해준다고 했지."

"그게 그거지. 우선 머리 좀 다듬어야겠어. 요새 통 관리를 안 했더니 엉망이야."

가인이가 자신의 머리카락을 만지며 말했다.

"미용실에 가자고?"

"어, 서울에서 가장 머리를 잘하는 곳으로 안내를 부탁합니다."

"서울에서 머리를 잘하는 곳이 어딘지 모르겠지만 우선 명동으로 가보자."

명동에는 헤어샵이 많았다.

유행에 민감한 젊은 사람들이 머리를 하기 위해서 명동을 많이 찾았다.

가방과 짐을 집에 놔두고는 우리는 명동으로 향했다.

명동으로 향하는 두 사람은 가장 좋은 옷으로 갈아입고는 평소와 달리 치장을 한껏 했다.

마치 자신들의 아름다움을 마음껏 자랑이라도 하겠다는 듯이.

*   *   *

명동에는 사람들로 북적거렸다.

대입학력고사를 끝낸 학생들이 눈에 가장 많이 띄었다.

다들 홀가분한 표정이었지만 몇몇 아이는 우울한 표정으로 거리를 거닐고 있었다.

가인와 예인이는 그들과 달리 표정이 밝았다.

자신이 지닌 실력을 실수 없이 다 보여준 모습이었다.

명동에 도착하자 몇 군데 미용실을 둘러보던 가인이는 자신이 마음에 들어 하는 뷰티헤어샵이라는 곳으로 들어갔다.

명동에서도 꽤 유명한 헤어샵이다.

예인이도 덩달아 머리를 다듬으려는지 미용사의 안내에 따라 자리에 앉았다.

가인이는 미용사와 여러 가지 머리스타일을 가지고 이야기를 나누다가 잡지에 실린 한 모델의 머리스타일을 하기로 했다.

예인이는 평소보다 길어진 생머리를 살짝 다듬기로 했다.

헤어샵의 원장은 두 사람을 보고는 다가와서 머릿결이 좋다는 소리와 함께 미인이라며 칭찬했다.

그리고는 직접 가인이의 머리를 자르기 위해 미용 가위를 들었다.

머리를 손질하는 내내 원장은 두 사람에게 모델이나 배우를 해볼 생각이 없냐고 물었다.

이젠 어딜 가나 흔히 듣는 말이 되었다.

두 사람은 당연하다는 듯이 웃음으로 질문에 대한 답을

대신했다.

가인이와 예인이는 어딜 가나 사람들의 주목과 관심을 받았고 외모가 부쩍 성숙해진 요즘은 더욱 그러한 일이 많아졌다.

가인이의 머리는 원장이 직접 나서서 잘라주었고 예인이는 수석디자이너가 맡았다.

원장은 전문가의 솜씨를 유감없이 보여주며 세심하게 가인이의 머리를 다듬었다.

머리가 서서히 가인이가 원하던 모습으로 바뀌자 가인이의 외모도 확실히 달라지기 시작했다.

여자의 변신은 무죄라는 말처럼 가인이의 변화는 무척이나 새로웠고 신선했다.

예인이 또한 머리를 지금의 긴 머리에서 조금 짧게 잘라 더욱 생동감을 주었다.

모든 과정이 끝나자 두 사람은 예쁜 소녀의 모습에서 아름다운 숙녀로 탈바꿈해 있었다.

거울에 비친 자신들의 모습을 바라보는 가인이와 예인이도 흡족한 표정을 지었다.

"너무 예쁘네요. 정말 내가 한 말을 생각해 보세요. 미스코리아에 나가도 상은 맡아 놓았다니까."

헤어샵 원장은 머리 손질이 끝난 두 사람의 모습에 푹 빠진 듯했다.

내가 보더라도 가인이와 예인이는 정말 매력적이고 아름다웠다.

어린 시절부터 단련해 온 무공과 호흡 수련 때문인지 두 사람의 몸매는 군살 하나 없이 매끈했고 피부는 남들보다 훨씬 윤기가 흘러넘쳤다.

두 사람의 키도 올해 2~3cm는 더 커졌다.

"예, 그럴게요. 수고하셨습니다."

가인이는 원장의 말에 밝게 웃으며 말했다.

헤어샵 안에 있는 모든 사람이 가인이와 예인이의 모습에서 눈을 떼지 못했다.

나 또한 두 사람의 변신에 입을 다물지 못했다.

대입학력고사를 준비하는 기간 내내 두 사람은 가장 편한 옷차림과 머리스타일을 하고 지냈다.

한마디로 가꾸질 않았다.

그랬던 두 사람은 다시금 아름답고 우아한 백조의 모습으로 돌아온 것이다.

"어때? 괜찮아 보여?"

가인이는 날 보며 물었다.

여성잡지에 나온 모델의 머리스타일을 참고했지만 오히려 모델이 가인이를 따라 한 것처럼 보일 정도였다.

"머리스타일이 정말 잘 어울린다."

"나는 어때요?"

예인이도 내 앞에서 머리를 두 손으로 쓸어 올리며 물었다.

"예인이도 정말 예쁘다."

솔직한 말이었다. 다른 미사여구(美辭麗句)를 쓸 필요가 없었다.

'얼굴에서 빛이 난다는 것이 이런 거구나.'

매일 보던 얼굴이지만 오늘은 정말 달라 보였다.

정말이지 지금 바로 연예계에 진출한다 해도 성공할 수 있을 거라는 확신이 들었다.

헤어샵을 나서자 길거리를 걸어가던 사람들의 시선이 자연스럽게 가인이와 예인이에게로 쏠렸다.

그러한 모습은 남자나 여자나 할 것 없이 모두에게서 보이는 행동이었다.

"이제 어디로 모실까요?"

나의 말에 가인이가 미소를 지으며 말했다.

"쇼핑을 좀 하고 싶은데."

"예인이도?"

"음, 나도 머리띠를 사야 하거든."

"그럼 백화점을 가자. 두 사람이 원하는 거 오늘은 다 사줄 테니까."

"머리 하는 데도 값이 비싸던데, 무리하지는 마."

가인이의 말처럼 유명 헤어샵이라 그런지 가격이 일반 미용실보다 서너 배는 비쌌다.

"오늘 무리 좀 하려고. 그동안 공부하느라고 많이 고생했잖아. 그 스트레스를 다 날려 버려."

"오빠가 없었다면 세상이 너무 재미없었을 거야. 앞으로 오빠에게 더 잘해야겠다는 생각이 들어."

예인이는 내 말에 진심 어린 말로 답했다. 그런 말을 해 주는 예인이가 고마웠다.

"지금도 잘하고 있는데."

"그렇게 생각해 주면 고맙지. 그래도 더 잘해야겠다는 마음이 들어. 오빠는 정말 친오빠나 마찬가지야. 언니도 그렇게 생각하고 있어."

"난 아니야."

예인이는 순간 가인이의 말에 놀라 눈을 크게 떴다. 나 또한 가인이의 말에 의구심이 들어 질문을 던졌다.

"그럼 어떻게 생각하는데?"

"친오빠라고 하면 애인을 할 수 없잖아. 앞으로 예인이와 소냐 언니 빼고는 다른 여자는 근처도 오지 못하게 할 거야."

전혀 생각지도 못한 말이 가인이의 입에서 나왔다.

"뭐냐? 그건 개인의 프라이버시를 억압하는 거라고. 너도 앞으로 대학생활을 하면 알게 되겠지만 학과 친구들과 함께 어울리는 자리도 생기고 다양한 사람들과 어울릴 수밖에 없어."

"그럴 수도 있겠지. 내가 왜 오빠와 같은 경영학과를 지원했는지 알아?"

가인이는 나의 말에 별로 수긍하는 모습이 아니었다.

"경제와 경영에 관심이 많이 생겼다고 했잖아?"

"그건 작은 이유일 뿐이야. 가장 큰 이유는 오빠 옆에 붙어서 오빠를 철저하게 감시하려는 목적이지. 다른 여자들이 접근하지 못하도록 말이야. 난 목표를 정하면 그걸 꼭 해내는 성격이야. 그걸 알고 있으라고. 내가 이렇게 하는 건 다 오빠 때문이니까."

"무슨 말을 하는 거야? 나 때문이라니?"

가인이의 말이 순간 섬뜩하게 들렸다. 마치 영화 미저리에 나오는 여자 주인공처럼 말이다.

"모든 건 포장마차에서 일어난 일 때문이니까. 그때 오빠가 여러 가지 마음속에 있던 말들을 내게 했었는데. 차마 내 입으로 말하기가 좀 그러네."

가인이의 말에 옛 생각을 떠올려 봤지만, 포장마차에서

는 정말 아무 생각도 나지 않았다.

그땐 정말 술을 너무 많이 마셔 무슨 말을 했었는지, 내가 어떤 행동을 취했는지조차 전혀 기억이 없었다.

"내가 무슨 말을 했는데?"

내 목소리에는 힘이 없었다.

"무슨 말인지에 대해서는 오빠 상상에 맡기겠어. 하지만 앞으로 오빠를 위해서야, 여자는 금지."

'뭐가 생각이 나야 말을 하지. 설마 정말 가인이의 말처럼 내 옆에서 날 감시하려고 경영학과를 지원하지는 않았겠지.'

"어차피 여자 만날 시간도 없습니다. 미팅이라도 한 번 해봤으면 소원이 없겠다."

사실이었다.

다섯 개의 회사를 관리하는 일로 인해서 수업을 끝마치면 곧장 회사로 향했다.

학과 동기들과 어울릴 시간도 동아리 활동을 할 여유조차 없었다.

"앞으로도 지금같이 하라고. 이렇게 아름다운 나와 예쁜 예인이가 있는데 다른 여자를 만날 생각을 하면 안 되지."

"그건 언니 말이 맞는 것 같아."

예인이까지 가인이의 말에 동조하고 나섰다.

"그럼 너도 대학 들어가면 남자애들하고 미팅도 하지 않겠네."

"아니, 난 할 건데."

가인이는 당연하다는 듯이 말했다.

"뭐야? 이건 말이 안 되잖아. 난 하지 말라 하고 넌 미팅을 하겠다니."

"왜? 불안해서 그러는 거야? 후후! 그러면 오빠도 하세요. 대신 나와 예인이보다 예쁜 여자면 허락할게. 나도 오빠보다 잘생기고 멋진 남자하고만 미팅할 테니까."

"맞아, 그러면 되겠다."

예인이도 맞장구를 치며 가인이의 말을 거들었다.

"그걸 말이라고 하는 거야? 야! 너희들 진짜⋯⋯."

기가 찼다.

그건 여자와의 만남을 원천봉쇄하는 말이나 마찬가지였다.

솔직히 가인이와 예인이보다 예쁜 여자를 지금껏 본 적이 없었다.

제 눈에 안경이라는 말이 있지만 그걸 떠나 객관적인 눈으로 보아도 두 사람의 미모는 인정할 수밖에 없었다.

학교에서 이정수와 정희철이 떠받드는 한수연도 미인이었지만 두 사람에 비하면 조금 떨어졌다.

정민당 사무총장 한종태의 딸인 한수연은 서울대학교 최고의 퀸카로 소문이 자자했다.

아마도 가인이와 예인이가 서울대학교에 입학하면 난리가 날 것이다.

"그러니까 앞으로도 잘하라고요. 한눈팔지 마시고, 그러면 나도 그럴 일 없을 거니까."

가인이는 내 옆으로 다가와서는 슬쩍 팔짱을 끼며 말했다.

'병 주고 약 주고 혼자 다하네. 정말 여자는 다 여우라니까. 아니지, 가인이는 백 년 묵은 여우가 분명해.'

"어! 표정이 왜 그래. 방금 안 좋은 생각 했지?"

'정말 귀신이 따로 없다니까.'

"아니야, 네 말처럼 앞으로도 변함없어야겠다고 생각했는데."

"태수 오빠는 변함없을 거야. 난 오빠를 믿거든."

옆으로 바짝 다가온 예인이의 머릿결에 향기가 전해져왔다.

두 미인을 양쪽에 끼고 걸어가는 내 모습은 뭇 남성들의 부러운 시선과 질투를 한 몸에 받았다.

다른 날도 그러한 시선을 받긴 했지만 오늘을 특히 더했다.

마치 저놈은 뭐하는 놈이기에 저런 미인과 함께 있을까? 하는 표정들이었다.

아마 나도 이런 광경을 봤다면 똑같은 생각을 했었을 것이다.

그만큼 가인이와 예인이는 매력적이고 예쁘기만 한 것이 아니라 사람의 이목을 끌어들이는 힘이 있었다.

백화점에 위치한 액세서리점과 옷 판매장을 들린 후에 1층에 자리 잡은 화장품코너로 향했다.

고등학교 때와는 다르게 화장을 하게 될 두 사람을 위해서였다.

가인이와 예인이 둘 다 화장품이라고는 스킨로션이 전부였다.

화장품 코너를 돌면서 두 사람이 원하는 제품을 찾고 있을 때였다.

"강태수! 여기서 뭐 해?"

내 이름을 부르는 소리에 고개를 돌리자 그곳에는 학과 동기인 한수연과 백단비가 날 보고 있었다.

두 사람의 손에도 쇼핑을 했는지 쇼핑백이 들려 있었다.

"어! 동생들하고 살 게 있어서 들렀어. 너희는?"

"우리도 겨울을 대비해서 스웨터 좀 장만하려고 왔지."

백단비가 들고 있던 쇼핑백을 들어 보이며 말했다.

두 사람의 목소리에 화장품을 고르던 가인이와 예인이가 돌아보았다.

가인이와 예인이를 본 두 사람의 얼굴표정이 바뀌는 것이 눈에 보였다.

한수연도 170㎝의 가까운 키로 큰 편이었는데 가인이와 예인이는 한수연보다 5㎝는 더 커 보였다.

오늘따라 유난히 달라진 모습에다 한껏 멋을 부려서인지 더 눈에 확 들어오는 미모였다.

"여동생들이 둘 다 굉장한 미인이다. 태수하고 외모가 완전히 다른데?"

한수연은 가인이와 예인이를 보며 말했다.

"후후! 친동생이 아니야. 잘 알고 계시는 분의 따님인데, 오늘 대입시험이 끝나서 함께 쇼핑하러 나온 거야."

"어쩐지, 그러면 그렇지. 정말 인형처럼 예쁘다. 혹시 모델 아니니?"

백단비가 두 사람에게 호감을 보이며 물었다.

가인이와 예인이는 눈빛으로 갑자기 나타난 두 사람이 누구인지 물어왔다.

"아니야. 여긴 우리 학과 동기인 한수연과 백단비. 그리고 여기는 송가인과 송예인."

"반가워요. 태수하고 동기인 백단비라고 해요."

"너무들 예뻐요. 전 한수연이에요."

두 사람은 가인이와 예인이에게 인사를 건넸다.

"안녕하세요. 전 태수 오빠의 여자친구인 송가인이라고 해요. 여긴 제 동생인 송예인이구요."

순간 가인이의 입에서 나온 말에 두 사람의 표정이 순간 확연히 달라졌다.

Chapter 3

　두 사람 중 백단비의 표정이 심하게 구겨졌다.

　그녀는 늘 기회가 있을 때마다 나에게 데이트를 신청했었다.

　그리고 매번 자신을 피하는 나에게 단비가 가장 많이 물었던 말이 여자친구에 관한 것이었다.

　백단비는 혹시 내가 여자친구 때문에 자신을 피하는 것으로 생각했다.

　나는 단비가 물을 때마다 여자친구가 없다고 말했다.

　한데 지금 가인이의 말로 인해서 내가 그녀에게 했던 모든 말이 거짓말이 된 것이다.

"정말이니?"

아니나 다를까, 백단비는 놀란 눈을 크게 뜨며 확인하듯 내게 물었다.

정말이지 전혀 생각지도 못한 상황이었다.

가인이 또한 나의 대답을 기다리고 있었다.

질문에 대한 답을 해야 하는 이 순간이 너무나 길게 느껴졌다.

마치 이날을 기다린 것처럼 시간이 악의를 품고 천천히 지나갔다.

가인이는 여자 특유의 감으로 백단비가 날 좋아하고 있다는 것을 안 것이다.

'아! 이건 아닌데.'

무슨 대답을 하든 간에 둘 중 한 사람에게는 상처가 될 것이다.

사실 그때 백단비에게 가인이에 대해 이야기하지 않은 것은 가인이와의 관계가 모호한 상황이었기 때문이다.

그저 날 잘 따르는 여동생이었고, 단지 어리기만 한 소녀일 뿐이었다.

하지만 도운과의 대결 이후 죽을 고비를 넘기는 과정에서 나를 향한 가인이의 진심을 알게 되었다.

가인이는 내가 깨어나지 않은 동안 잠을 자지 않은 채로 몇 날 며칠을 간호해 주었다.

그때 나를 위해 흘린 눈물과 간절함은 죽음 그 너머로 향하던 내 발걸음을 멈추게 했다.

생사의 갈림길에서 난 분명 가인이의 목소리를 들었다.

그 소리는 빛이 되어서 날 죽음의 문턱에서 이끌어냈다.

그 후 가인이의 마음을 고스란히 담은 편지를 읽는 동안 그녀가 내 마음과 생각 사이로 스며들었다.

그날 이후부터 가인이는 적극적으로 자신의 감정을 솔직하게 표현했다.

난 그런 행동이 싫지 않았다.

"미안하다. 그때는 내가 거짓으로 말한 게……."

철썩!

내 이야기가 끝나기도 전에 백단비의 손이 내 왼뺨을 때렸다.

충분히 피할 수 있었지만 난 그러지 않았다.

"넌… 넌 정말……."

백단비는 이를 세게 악물고는 어떻게든 눈물을 흘리지 않으려는 모습이었다.

하지만 끝내 단비의 두 눈은 빨갛게 상기된 채 눈물이 가득 고였다.

뺨을 타고 떨어지는 그녀의 눈물에는 슬픔과 아픔이 동시에 묻어나왔다.

백단비는 무언가 나에게 말을 건네려고 했지만 끝내 말하지 못한 채 자리를 떠났다.

"단비야! 기다려. 태수야, 이번에는 네가 잘못한 것 같다. 단비야!"

실망한 표정의 한수연은 잠시 나와 가인이를 번갈아 쳐다보다 백단비를 쫓아갔다.

"오빠, 괜찮아?"

옆에 있던 예인이가 걱정하듯 말했다.

"괜찮아. 말하려고 했었는데……. 차라리 잘된 것인지도 몰라."

정말 미안했다.

누군가를 상처 주고 아프게 한다는 것은 무척이나 괴로운 일이다.

그냥 오늘로서 백단비가 모든 일을 잊고 좋은 사람을 만났으면 좋겠다는 바람이다.

그동안 나로 인해 괜한 마음고생으로 애를 태웠을 백단비가 애처로웠고 미안했다.

"저 언니가 오빠를 많이 좋아했던 것 같던데. 괜찮겠어?"

가인이는 애써 담담하게 말했지만, 표정에는 미안함이 드러났다.

"단비가 오해한 부분이 있어서 그래. 시간이 지나면 풀어지겠지."

시간이 약이라고 했지만 그 약이 너무 오랫동안 쓰게 느껴질 때도 있다.

백단비는 그러지 않길 바랄 뿐이다.

"미안, 내가 괜한 말을 꺼낸 것 같아."

가인이 또한 상황이 이렇게까지 될지는 몰랐던 것 같았다.

"아니야. 너도 이럴 줄 모르고 그런 건데, 괜찮아."

백단비와의 모호한 관계는 길게 끌어서 좋을 것 없었다.

그저 친구 사이로만 지내는 것이 나에게도 단비에게도 좋았다.

마음에 담긴 아픔이 작을수록 상처도 빨리 아물 수 있을 것이다.

단비는 좋은 친구이자 따뜻한 마음을 가지고 있는 여자였다.

이 일로 친구 관계가 깨지지 않았으면 하는 바람이었다.
뜻하지 않은 일을 겪은 하루였다.

집으로 돌아오는 길에 우리 세 사람은 말이 없었다.
그때 가인이가 뜻밖의 제안을 했다.
"오빠, 술 한잔할래? 그때 날 불러냈던 포장마차에서."
"그럴까?"
눈이 내릴 것처럼 하늘은 우중충했다. 날씨도 밤이 되자
바람이 불어 무척 쌀쌀했다.
나 또한 술이 생각난 하루였다.
"그냥 이대로 집에 들어가고 싶지 않아서."
가인이 또한 오늘 일이 마음에 걸린 것 같았다.
예인이의 의사를 물어보려고 할 때 그녀가 먼저 입을 열
었다.
"둘이 가. 난 피곤해서 일찍 자야겠어."
예인이는 피곤했는지 집에 가서 쉬길 원했다.
"그럼 예인이를 집에 데려다주고 다시 나오자. 짐도 있으
니까."
백화점에 구매한 가인이와 예인이의 옷과 화장품 때문에
짐이 많았다.
가인이가 가길 원하는 포장마차는 집에서 15분 거리에

위치해 있다.

집 앞에 도착하자 가인이의 짐을 예인이에게 건네주었다.

"어서 가봐. 너무 많이 마시지 말고. 특히 언니에게 술 많이 주지 마."

예인이는 걱정하듯 말했다.

"걱정하지 마. 빨리 집에 올 거야."

가인이와는 많이 마실 생각은 없었다.

"예인이도 가서 우동이라도 먹으면 좋은데."

"아니야, 저녁을 많이 먹었잖아. 어서 갔다 와. 난 씻고 잘게."

"그래, 그럼. 쉬고 있어."

"응."

가인이의 말에 고개를 끄떡이며 예인이는 집 안으로 들어갔다.

그 모습을 본 후에 우리는 포장마차로 향했다.

그때 예인이는 집으로 들어가던 발걸음을 멈추고는 포장마차를 향해 걸어가는 우리의 뒷모습을 바라보았다.

그 모습이 눈동자에서 사라질 때 즈음에 잔물결처럼 퍼지는 안타까움이 예인이를 한동안 그 자리에 붙잡아 두었다.

*　　　*　　　*

포장마차에 도착할 때 즈음 달과 별을 숨겨 버린 밤하늘
에서 눈이 내리기 시작했다.

눈은 세찬 바람에 사방으로 흩어졌다.

오늘 밤이 지나면 꽤 많은 눈이 거리에 쌓일 것 같았다.

갑자기 추워진 날씨 탓인지 포장마차 안에는 손님이 없
었다.

"어서 와요. 날이 꽤 춥죠?"

푸근한 인상의 아주머니가 데우고 있던 어묵 국물을 떠
주면서 말했다.

"저희 우동이랑 닭똥집 하나에 소주 주세요."

자리에 앉으면서 주문을 했다.

"소주하고 오이는 여기 있습니다. 안주는 내 금방 해드릴
게."

소주와 오이를 건네준 아주머니는 바쁘게 손을 놀렸다.

"자! 한 잔 받아라. 오늘 수고 많았어."

나는 먼저 시험을 잘 치른 가인이에게 소주를 따라주었
다.

"고마워. 오늘 내가 너무 투정을 부렸지. 미안."

"웬일이야. 너무 솔직하게 나오시네."

"나도 잘 알아. 어떨 때는 내가 좀 심하다는걸."

가인이는 나에게 술을 따르며 말했다. 왠지 평소와는 다른 모습이었다.

"음, 난 그렇게 느끼지 않았는데. 날 무척 좋아해서 그런 거라 생각했었는데, 아닌가?"

나는 미안해하는 가인이의 마음을 덜어주기 위해 농담을 섞어 말했다.

"아주 웃겨. 자기 마음대로 생각하고. 그런 우스운 질문에는 답을 하지 않겠습니다. 자! 한잔하시죠."

가인이는 소주잔을 들어 올리며 말했다.

"원 샷이다."

"물론."

챙!

술잔을 마주치는 소리가 예사롭지 않았다. 이런 날은 술이 잘 들어간다.

안주를 기다리는 사이에 소주 한 병이 순식간에 비워졌다.

시험을 끝낸 후련함 때문인지 아니면 오늘 우연히 일어난 일 때문인지 우리 두 사람 다 술이 잘 들어갔다.

어느새 가인이의 얼굴은 복숭아꽃처럼 빨갛게 변해갔다.

평소 같았으면 가인이에게 술을 따라주지 않았겠지만 오늘은 왠지 자주 만나 술을 마시던 친구처럼 느껴졌다.

"너무 많이 마시지는 마."

"그런 말을 하면서 소주잔에 계속 술을 채워 주시네요."

"후후! 그랬네. 앞으로 너나 나나 학교생활이 좀 힘들 것 같아서."

"아까 그 언니 때문에?"

"같이 다니는 친구가 여럿 있거든. 다들 잘나가는 사람들이라서. 나야 괜찮은데, 네가 앞으로 학교에 들어오면 직속 선배가 되잖아."

"내 옆에는 오빠가 있잖아. 난 오빠만 있으면 돼."

가인이는 별것 아니라는 투로 말을 하고는 소주잔을 들었다.

그런 가인이를 보고 있자니 소주 광고에 출현했던 연예인의 모습이 떠올랐다.

당대 최고의 인기를 얻고 있는 모델이나 가수, 그리고 배우만이 소주 광고를 할 수 있었다.

그때 그들보다도 지금의 가인이가 더 예쁘고 아름다웠다.

가인이의 양 볼은 점점 벚꽃처럼 화사하게 피어올랐다.

"언제부터 날 그렇게 생각해 준 거야? 처음 날 볼 때는 찬 바람이 쌩쌩 불었는데."

"그때는 그랬지. 단지 아빠를 이용하려는 사람들처럼 보였으니까. 사실 오빠의 첫인상은 별로였다니까, 어리바리했었다고 해야 하나."

"내가 어리바리했다고?"

"응, 아주 많이. 뭐라고 해야 할까? 좀 모자라고 나이에 맞지 않게 애늙은이 같았어."

순간 가인이의 말에 양심이 찔렸다.

지금은 많이 달라졌지만 그때는 정말 애늙은이가 아니라 중년의 남자였다.

"으흠! 지금은 아니잖아."

"아니, 지금도 가끔은 그래."

'내가 정말 그런가?'

가인이의 말에 난 내 얼굴을 만져보았다.

마치 지금의 내 모습이 이전의 모습인가 하는 생각 때문이었다.

"갑자기 얼굴을 왜 만져? 그 표정은 또 뭐고? 오늘따라 좀 이상하네."

"아니, 애늙은이라 그래서 혹시 내 얼굴도 갑자기 늙어나 하고 확인 좀 했지."

"깔깔깔! 아주 웃겨. 난 오빠가 지금보다 나이가 들었다고 해도 싫어하거나 그러지는 않을 거야."

가인이의 말에 묻고 싶은 말이 생각났다.

"내가 만약에 서른 살이라고 해도?"

"응, 그 정도야 문제없지."

"그럼 내가 마흔 살이라면 어떨 것 같아?"

"마흔 살은 좀 심했다. 완전히 아빠 나이잖아. 정말 사랑한다면야 생각해 보겠지만, 그래도 그 건 좀 그렇다."

"그렇지. 그건 내가 생각해도 정말 도둑놈 심보일 거야."

"그런데 그건 왜 물어본 거야?"

"아니, 그냥. 요새 보니까 나이 차가 좀 있는데도 결혼하는 분이 있어서. 여자 입장에서 나이가 많으면 어떤가 하고 물어본 거야."

난 말을 하고는 바로 소주잔을 비웠다.

쪼르륵!

빈 잔에 곧바로 가인이가 소주를 따라주었다.

"후후! 사실 아직 그런 걸 생각해 본 적이 없어서 잘 몰라. 그리고 오빠하고 난 나이 차가 많이 나지 않잖아."

"그렇긴 하지. 예인이는 그 대학생하고 잘 만나고 있어?"

나이에 찔끔한 나는 대화의 화두를 다른 곳으로 돌렸다.

두 사람이 열연한 로미오와 줄리엣을 보고서 예인이에게 꽃다발을 선물했던 대학생이 있었다.

한동안 자주 집 앞에 찾아왔었다.

"아니, 그 남자가 일방적인 애정공세였던 것 같던데. 예인이는 그런 스타일을 별로 좋아하지 않아."

"왜? 잘생기고 키도 훤칠한 귀공자 스타일이던데."

"내가 볼 때는 아니야. 스타일이 중요한 게 아니라. 여기에서 울림이 있어야지."

가인이는 자신의 가슴을 손을 가져가며 말했다.

"그럼 내 친구인 강호도 아닐 거고. 혹시 나 같은 스타일을 좋아하는 거야?"

앞으로 시작될 대학생활 동안 예인이가 어떤 스타일의 남자를 만날지 궁금했다.

"오빠 같은 스타일이 아니라. 오빠를 좋아하지."

가인이는 아무렇지 않은 듯 말했다.

"그게 무슨 말이야? 날 좋아하다니?"

"우린 자매이기 전에 쌍둥이야. 쌍둥이들에게는 남달리 서로가 가지고 있는 감정과 신체적 변화에 대해 되게 민감하거든. 내가 오빠를 좋아하는 감정이 생겼을 때 예인이도 그런 감정을 느꼈을 거야. 말을 하진 않았지만 말이야. 예인이는 나와 달리 자신의 속마음을 잘 드러내지 않거든."

"설마 그러려고. 너야 천방지축에다가 자기 내키는 대로 하는 성격이라 나와 맞는다고 해야겠지만. 예인이는 천성적으로 여자잖아. 그런 애가 나에 대한 감정을 가지고 있다는 게 말이 안 되는 것 같다."

난 가인이의 눈치를 살피며 말했다.

"음, 듣고 보니 기분이 좀 그러네. 난 여자가 아닌가 보네?"

날 째려보는 가인이의 눈초리가 순간 매서워졌다.

"하하하! 농담이야. 여자친구한테 농담도 못 하나."

여자친구라는 말에 가인이의 눈초리가 풀어졌다.

"예쁘고 너그러운 여자친구가 농담이라고 하는데 그냥 넘어가야겠지. 하여간 앞으로 여자친구한테 잘하세요. 예인이에게도 잘해주고. 오빠를 잘 따르고 좋은 감정을 가지고 있으니까."

가인이는 예인이가 나에 대해 가지고 있는 생각을 심각하게 받아들이지 않았다.

단지 친오빠처럼 잘 따르고, 오빠로서 좋아하는 감정일 뿐이라 여겼다.

자신처럼 진심으로 나를 원하는 것은 아니라고 생각한 것이다.

하지만 수북이 쌓여가는 눈처럼 그것이 전부가 아니란
것을…….

그때는 그 누구도 알지 못했다.

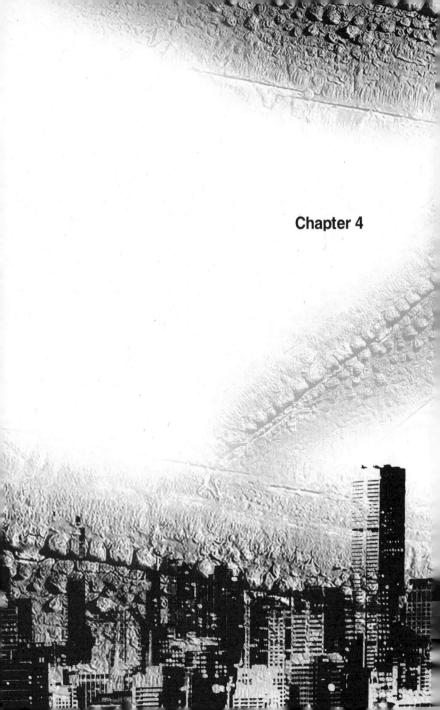

Chapter 4

가인이와 예인이는 예상한 대로 좋은 점수를 받았다.

두 사람은 수학과 국어에서 각각 한 문제씩을 틀려서 아깝게 만점을 놓쳤다.

이번 대입학력고사의 시험 난이도가 작년보다도 더 높았고 대다수 수험생의 점수대가 예상보다 10~15점 아래로 내려갔다.

시험 난이도가 높아져서인지 이번 시험에는 만점자가 나오지 않았다.

두 사람의 점수는 1점 차로 예인이가 더 높았다. 가인이가 점수가 큰 문제를 틀렸기 때문이다.

둘 다 자신이 원하는 곳에 들어갈 점수는 충분했다.

예인이의 점수는 서울대 전체 수석을 노려볼 만했고, 못해도 문과대 수석도 가능했다.

가인이는 과수석이 충분히 가능한 점수였다.

*   *   *

두 사람이 안정적으로 서울대에 입학할 수 있다는 것을 확인한 후에 나는 미국행 비행기에 올랐다.

닉스가 미국에서 어떤 반응을 보이고 있는지, 성공 가능성은 어느 정도인지를 정확히 두 눈으로 확인해 볼 생각이다.

그리고 퀄컴을 운영하고 있는 어윈 제이콥스를 만나볼 계획이다.

현재 퀄컴의 경영 상태가 그리 좋지 않은 시기였다.

퀄컴은 자체 코드분할다중접속(CDMA) 원천기술 보유 업체로서, CDMA기술을 기반으로 한 디지털 무선통신과 서비스를 개발하고 제공하는 업체다.

퀄컴의 사장인 어윈 제이콥스는 MIT에서 전자공학 석·박사 학위를 받고 MIT와 UC샌디에이고 대학에서 교수 생활을 했었다.

그는 MIT 출신이며 당시 미국 항공우주국(NASA)과 샌디에이고 캘리포니아 주립대(UCSD) 교수로 1985년 4월 사직서를 제출하고, 3개월 후 M/A-COM에서 함께 그만둔 옛 동료 6명과 MIT 동창생인 앤드루 비터비, 하비 화이트, 아델리아 코프만, 앤드루 코헨, 클라인 길하우젠, 그리고 프랭클린 안토니오와 함께 '퀄컴'을 창업했다.

퀄컴은 85년 미국 캘리포니아주 샌디에이고에 본사를 설립했다.

퀄컴은 지금의 이동통신 기술의 기원인 셀룰러 네트워크에 주목해 각각의 대화를 하나씩 미리 정해진 암호로 코드화해 쪼갠 후 주파수의 대역 확산을 통해 전송하는 CDMA(코드분할다중방식)를 개발했다.

변화의 큰 시발점은 내년 1992년 6월 한국전자통신연구소(ETRI)와 미국 샌디에이고에서 퀄컴과의 CDMA 공동 연구계약서의 서명한 일이다.

무려 880억이 들어가는 국책 연구 과제였고 한국전자통신연구소(ETRI) 비롯하여 삼성, 현대, LG, 맥슨전자, 퀄컴이 CDMA 상용화를 위한 공동으로 연구 · 개발하는 프로젝트였다.

CDMA 개발 사업의 연구 개발비는 이후에 약 996억 원으로 늘어났고, 연인원 1,042명의 연구 인력이 투입되었다.

당시의 기술 보유 수준에서 보면 CDMA 방식의 선택은 큰 모험이었지만, 결국 정부와 기업체의 노력으로 1995년 세계 최초의 디지털 CDMA 기술을 개발하고 1996년 세계 최초로 상용화에 성공했다.

나는 비행기 안에서 머릿속에 들어 있는 내용을 정리해 나갔다.

이 모든 것이 과거 주식 투자를 위해서 공부했던 내용이었다.

이상할 정도로 좋아진 머리와 그 머리에 저장된 기억들은 전혀 잊어버리지 않았다.

퀄컴은 현재 자신들이 개발한 기술을 상용화하기 위해 노력 중이다.

그중 하나가 CDMA였지만 쉽지가 않았다.

1991년 12월 현재 한국에서는 차세대 이동통신 기술을 수입할 것이냐, 아니면 자체 개발을 할 것이냐로 뜨거운 논쟁을 벌였다.

정부 및 관련 업체와 기업, 그리고 연구소 등이 대표적인 첨단이동통신기술인 CDMA(코드분할다중방식)와 TDMA(시분할다중방식)를 놓고 줄다리기가 한창이었다.

지금 사용 중인 아날로그방식의 이동통신이 수용 한계에 이르렀기 때문이었다.

현재 차량 전화와 휴대전화 등 이동통신 가입자가 매년 60% 증가해서 수도권은 9만 2천 명이었고 지방은 6만 3천 명에 달했다.

이런 추세로 가입자가 증가하면 현재 사용 중인 아날로그방식의 이동통신으로는 92년 말에 가면 23만 2천 명에 달해 포화상태가 된다.

93년이면 가입자를 받을 수가 없었다. 아날로그 방식은 33만 명이 최대 한계였다.

스웨덴의 에릭슨사가 89년에 제안해서 미국 업체들이 표준방식으로 채택한 TDMA는 기존 아날로그방식보다 10배 정도 더 수용할 수 있으며 내년 상반기에 바로 상용화에 들어갈 수 있었다.

한국전자통신연구소(ETRI)에서 89년부터 4백 41억 원의 예산으로 TDMA 방식을 연구해 왔지만, 아직 기초 기술도 확보하지 못한 상태다.

여기서 새로 등장한 것이 퀄컴의 CDMA 방식이었다.

CDMA는 TDMA보다 2배 정도 많은 가입자를 수용할 수 있었고 통화 품질도 더 뛰어났다.

하지만 상용화가 이루어지기에는 아직 걸림돌이 많았다.

여기에 내년 6월 결정되는 제2이동통신사업자 선정 작업과 얽혀 문제가 복잡해진 상황이었다.

그러한 상황에서 올해 미국은 셀룰러 통신 산업 협회(CTIA)의 결정으로 TDMA(시분할다중접속방식)를 디지털 이동통신의 표준방식으로 확정했다.

미국의 TIA(통신산업협회)가 AT&T, 모토로라 등의 기기 제조업체를 대변하는 협회라면 CTIA는 지역 벨 운영 회사(RBOC)를 포함한 40개 이동통신서비스업체와 시험기관 등이 1984년 결성한 민간협의체이다.

CTIA는 미국에서 유통되는 휴대폰 단말기에 대한 인증 권한을 가지고 있다.

미국 내 분위기는 CDMA 방식은 아직 검증을 더 거쳐야 하는 기술로 취급받았다.

그러한 상황에서 퀄컴은 현재 CDMA 기술의 빠른 확산을 위해 직접 휴대전화와 네트워크 설비 제조에 뛰어든 상태였다.

상당한 금액이 제조 설비에 투자되고 있었다.

문제는 아직 CDMA가 상용화되지 않은 단계에서 너무 섣부른 판단을 내린 것이다.

더구나 TIA(통신산업협회)에서 1993년에야 CDMA를 표준방식으로 채택했다.

미국행에 블루오션의 김동철 과장을 대동할까 생각도 해 봤지만 지금 재즈-1의 생산과 재즈-2의 개발로 눈코 뜰 새 없이 바빴다.

대신 함께 미국행 비행기에 함께 탄 사람은 김만철이었다.

넓은 미국 땅에서 운전을 해줄 사람이 필요했다.

더구나 김만철 또한 안기부의 눈에서 잠시 벗어나 있는 것이 좋았다.

대신 안기부 파일에 들어 있지 않은 티토브 정과 드리트리 김이 국내에 남아 흑천에 관한 자료를 수집하기로 했다.

우리 두 사람은 모두 피터 싱어의 초대로 미국을 방문한 것이다.

닉스의 독점을 원하는 피터 싱어는 나의 환심을 사기 위해서인지 미국 여행에 필요한 제반 경비와 항공권을 모두 제공해 주었다.

13시간의 긴 비행 시간을 걸쳐 로스앤젤레스 국제공항에 도착할 수 있었다.

이 공항은 세계에서 가장 많은 항공노선이 운항되고 있었다.

오후 1시에 출발한 우리는 저녁 6시가 넘어서야 공항을 나설 수 있었다.

공항에는 피터 싱어가 보낸 직원이 우릴 마중 나와 있었다.

피터 싱어는 현재 시카고로 출장 중이었고 내일 LA로 돌아온다고 한다.

더구나 내일은 한국에서 보낸 닉스 신발이 피터 싱어가 운영하는 판매장으로 입고되는 날이었다.

닉스에서 새롭게 출시된 신발들도 포함되어 있었다.

그때였다.

자동차를 운전하던 직원이 갑자기 손을 들어 앞쪽을 가리켰다.

우리는 직원이 손으로 가리킨 곳을 바라보았다.

그곳에는 닉스에어―X(엑스)의 사진이 걸린 광고 가판이 있었다.

LA의 중심지로 통하는 도로에 설치된 간판마다 닉스를 알리는 광고를 심심치 않게 볼 수 있었다.

*　　　*　　　*

중구 을지로에 위치한 5층짜리 건물 입구에 삼정실업이라는 나무 간판이 조그마하게 걸려 있었다.

그 옆으로도 건물 내에 입주하고 있는 회사명이 일곱 개나 더 걸려 있었다.

삼정실업은 건물 5층에 자리 잡고 있었고 5층 전체를 사용 중이었다.

50평의 건물 내에는 창고와 사무실로 나누어져 있었고, 35평 크기의 사무실에는 열 명의 직원이 상주했다.

"강태수가 미국으로 출국했습니다."

사무실의 한 직원이 박영철 차장에게 업무를 보고했다.

박영철이 앉아 있는 책상 위에 차장 직함의 명패가 놓여 있었다.

"미국은 왜 간 거야?"

"확인한 바로는 닉스에서 만드는 신발 수출 건에 관련된 출장입니다. 미국에서 신발을 수입하는 피터 싱어라는 바이어가 초대를 한 것 같습니다."

"바쁘게 돌아다니는구먼. 혼자 간 거야?"

"김만철이 동행했습니다."

"김만철은 왜?

박영철은 책상에 놓여 있는 담배를 집어 들며 물었다.

그는 사무실에서 마음대로 담배를 피울 수 있는 위치였다.

"도청으로 알아낸 바로는 자동차 운전 때문에 데려간다는 말이 있었습니다. 그 외에는 별다른 것은 없었습니다.

미국 지사에 협조 공문 날릴까요?"

"그래, 미국에서 만나는 인물이 누구인지 다 체크해 봐. 어린놈이 정말 만만치가 않아. 세무서에는 좀 알아봤어?"

"예, 강태수가 운영하는 회사들에서 세금을 탈루한 정황은 없었습니다. 다른 회사와는 다르게 세금을 성실하게 꼬박꼬박 잘 내고 있었습니다. 담당 세무사가 세금을 줄일 방법을 제시해 주었다는데, 편법적인 방법이라고 사용하지 않겠다고 말했답니다. 대다수의 회사가 사용하는 방법인데 말입니다."

"아주 웃긴 놈이야. 학교에서 접촉하는 인물은 없었나?

박영철이 담배에 불을 붙이며 자신의 뒤에 있는 창문을 조금 열었다.

그러자 열린 틈 사이로 찬 공기가 실내로 파고들었다.

"학교생활은 특별한 것이 없었습니다. 강의가 끝나면 곧장 자신이 운영하는 회사로 향했고, 어울리는 친구들도 별로 없었습니다. 정말 보통 인물이 아닌 것은 회사와 학교생활을 병행하는데도 성적은 모두 올 A였습니다. 학교에서는 강태수가 회사를 운영하고 있는 것을 아직 모르고 있습니다."

"후! 정말 하늘에서 뚝 떨어진 거야 뭐야? 어디서 이런 괴물 같은 놈이 나타나서는 우릴 힘들게 하네. 하긴 나라를 위해서는 이런 놈도 필요하긴 한데, 문제는 우리에게 협조를 안 한다는 거야."

담배 연기를 뿜어내며 말하는 박영철의 미간이 살짝 좁혀졌다.

"그냥 작전 하나 해서 엮을까요?"

"아니야. 단순하게 써먹고 버릴 패라면 그래도 되겠지만 강태수는 오래 가지고 가야 해. 일단 미국에서 돌아오기 전까지 생각 좀 정리해 보자고. 우선 미국에서 만나는 인물들을 모두 다 조사해 놔."

"알겠습니다. 바로 미국 지사에 연락을 취하겠습니다."

직원이 보고를 마치고 자리로 돌아가자, 박영철은 다시금 담배를 깊게 빨아들인 후에 허공으로 담배 연기를 뿜어내었다.

"이 패만 손에 쥘 수 있다면 정말 꽃놀이패가 될 수 있는데 말이야."

박영철은 나의 협조를 반드시 얻어낼 생각을 하고 있었다.

그의 말처럼 내가 안기부에 협조한다면 러시아는 물론 러시아를 이용해서 북한에 영향력을 행사할 수 있는 진정한 꽃놀이패로 이용할 수 있었다.

북방 외교를 강조하고 있는 현 정권과도 잘 융합될 수 있는 일이기도 했다.

또한 지금 북한이 도입하려고 하는 MIG—29기의 북한행을 저지한다면 박영철은 안기부 내에서 확고한 위치에 오를 기회이기도 했다.

*　　　　*　　　　*

미국은 처음이었다.

전 세계의 국가 중 최강국인 미국에 발을 내딛고 싶다는 생각은 늘 해왔었다.

특히 주식을 할 때 세계 경제를 주름잡고 있는 뉴욕의 월스트리트를 꼭 한번 방문하고 싶었다.

하지만 그때의 바람은 그저 바람으로 끝나 버렸다.

그러나 지금 뉴욕의 반대편인 LA 중심가의 W할리우드라는 호텔에 여장을 풀고 있었다.

호텔은 LA에서 유명한 관광지인 할리우드 명예의 거리에서 얼마 떨어지지 않은 곳이다.

명예의 거리는 그라우맨스차이니즈 극장 앞을 중심으로 2km 정도의 길이로 영화, TV, 음악계 스타들의 이름이 새겨진 별 모양의 동판이 도로에 박혀 있다.

1960년부터 거리 바닥에 스타의 이름을 채우기 시작하여 지금까지 이어져 왔다.

"미국에도 다 와보고. 이전에는 생각지도 못한 일입니다."

김만철은 호텔 창밖으로 펼쳐진 풍경을 바라보며 말했다.

"저도 미국은 처음입니다. 어느 정도 정리되었으면 저녁이나 먹으러 나갈까요?"

"그러시죠. 저도 배가 출출하던 참이었습니다."

김만철은 의자에 걸쳐놓은 잠바를 집으며 말했다. 12월의 LA 날씨는 우리나라의 가을 날씨와 비슷했다.

하지만 저녁때는 온도 차가 심해 조금 쌀쌀했다.

호텔에서 식사할까 하다가 할리우드 명예의 거리 근처에서 식사하기로 했다.

15분 정도 걸어 한 레스토랑으로 들어갔다.

우리는 스테이크와 햄버거, 그리고 맥주를 시켰다.

"미국에는 언제까지 머물 생각이십니까?"

김만철이 먼저 나온 맥주를 입으로 가져가며 물었다.

"글쎄요. 피터 싱어 말고도 만나볼 사람들이 있어서 한 열흘 정도 걸리지 않을까 생각되네요."

"미국에 아시는 분이 있으신가요?"

"아니요. 앞으로 우리와 같이 사업할 사람을 만날 생각입니다."

김만철은 내 말에 궁금한 듯 다시 물었다.

"미국의 사업가들을 만나시려고요?"

"아닙니다. 아직 사업가라고 말하긴 그렇습니다. 블루오션과 연관되어 만나려고 하는 어윈 제이콥스만 사업을 하고 있지만, 나머지 만나려고 하는 사람은 아직 사업과는 무관합니다."

내가 만나려고 하는 사람은 퀄컴의 어윈 제이콥스뿐만 아니라 구글을 창업한 세르게이 브린과 아마존을 창업한 제프 베조스(Jeff Vezos)를 만날 예정이다.

시간이 된다면 이베이를 창업한 피에르 오미디아르(Pierre Omidyare)까지 만날 생각이다.

아마존이 1994년 7월에 인터넷 서점 아마존닷컴(Amazon.com)을 설립하여 제일 먼저 사업을 시작했다.

그 이후 1995년 11월에 온라인 유통회사인 이베이가 탄생했다.

구글(Google)은 1998년에 래리 페이지(Larry Page)와 세르게이 브린(Sergey Brin)이 설립한 백럽(BackRub)에서 출발했다.

모두가 인터넷 열풍에 힘입어 크게 성공한 닷컴 기업이었다.

난 이들이 하려고 하는 사업에 끼어들 생각은 아니었다.

역사의 흐름을 완전히 바꿔 버리는 일은 하지 않을 것이다.

그저 이들이 시작하려고 하는 기업에 누구보다 먼저 투자를 할 생각이다.

나는 워런 버핏이 설립한 버크셔 해서웨이처럼 투자지주회사를 설립할 생각이었다.

지주회사란 주식을 소유함으로써 다른 회사의 경영을 지배, 관리하는 회사이다.

버크셔 해서웨이의 주식은 A급과 B급으로 나누어져 있다.

1962년 워런 버핏의 투자 파트너들이 처음 사들인 버크셔 해서웨이 주가는 7~8달러(약 7천~8천 원)이었다.

버크셔 해서웨이 A급 주가는 1983년 1천 달러(약 100만 원)를 넘었고 2006년 10월 처음으로 10만 달러(1억 원)대에 올라섰다. 그리고 2014년 4월 20만 달러(2억 원)을 넘었다.

일반 투자자들이 쉽게 구매할 수 있는 B급 주식은 1996년부터 발행해 왔고, 현재 주당 135달러(약 14만 원) 선에 거래

되고 있다.

앞으로 20년 후가 된다면 버크셔 해서웨이 같은 회사로 성장시킬 수 있는 자신감이 나에게 있었다.

오마하의 현인이라고 불리는 워런 버핏은 뉴욕에서 2,000㎞ 이상 떨어진 자신의 고향 네브래스카 주 오마하를 거의 벗어나지 않지만, 주식시장의 흐름을 정확히 꿰뚫어 보았다.

나는 그보다 더 정확하게 주식시장의 흐름을 알고 있었다.

설립하려고 하는 투자전문회사 내에는 특허를 전문적으로 다루는 회사까지 만들어 돈이 되는 지적 재산권들을 사들이거나 관리할 계획도 세웠다.

그 시발점을 우선 아마존과 이베이, 구글 이 세 개의 회사로 두었다.

"대표님이 하시는 일은 제가 잘 알지는 못하지만 보통 사람이 할 수 없는 일들만 하시는 것 같습니다."

김만철의 말처럼 나는 보통 사람들이 알지 못하는 미래에 대해 알고 있었다.

그것이 지금 하고 있는 일을 가능하게 하는 원동력이었지만 그것만으로는 부족했다.

김만철과 같이 나와 함께하는 사람들의 힘이 아니었으면

해낼 수 없었을 것이다.

　요즘 들어 그러한 것을 더욱 절실히 느끼고 있었다.

　"김 과장님이 함께해 주셔서 가능한 일들입니다. 저와 같이 일하시는 분들이 없었다면 저는 그러한 일을 꿈도 꾸지 못했을 것입니다."

　"하하하! 듣기 좋은데요. 저는 옆에서 대표님이 어디까지 나아가시는지 그걸 보는 재미가 쏠쏠합니다. 나중에 돈을 많이 버시면 북한 동포들도 잊지 말고 도와주시고요."

　"예, 당연히 도와야지요. 앞으로 하나하나 차근차근 많은 일을 하기 위해 준비해 나갈 것입니다. 그때까지 김 과장님이 많이 도와주셔야 합니다."

　"그건 걱정하지 마십시오. 저는 대표님과 끝까지 갈 것입니다."

　"고마운 말씀입니다. 조금만 더 고생해 주시면 큰 결실을 보는 날이 올 것입니다."

　내 말이 끝나자 주문했던 음식이 나왔다.

　한국에서 먹었던 스테이크하고는 달랐다. 두툼하고 잘 익은 고기가 정말 먹음직스러웠다.

　"맛있겠네요."

　"많이 드십시오. 이런 건 원 없이 사드릴 테니까요."

　"하하하! 대표님을 따라다니면 굶은 일은 없겠습니다."

"하하하! 절대 굶은 일은 없을 것입니다."

김만철과 나는 서로를 보며 큰 웃음을 토해냈다.

즐겁게 식사를 할 때였다.

갑자기 사람들이 웅성거리는 소리와 함께 입구 쪽에서 큰 덩치를 자랑하는 인물 네 명이 우리 옆 테이블로 걸어왔다.

그들은 다름 아닌 시카고 불스의 마이클 조던과 스카티 피펜, 그리고 가드인 BJ 암스트롱이었다.

다른 한 명은 그들을 따라온 코치 같았다.

그때 피터 싱어가 나에게 한 말이 기억이 났다. 농구경기를 같이 보자는 말이었다.

그는 LA 레이커스의 열렬한 팬이었다.

경기는 바로 내일 저녁에 있었다.

시카고 불스가 LA 레이커스와의 경기를 위해 LA에 원정을 온 것이다.

이제까지 TV나 잡지에서만 보았던 마이클 조던을 직접 본 것이다.

농구황제 마이클 조던의 전설이 본격적으로 시작된 것은 필 잭슨이 수석코치로 취임하고, 스카티 피펜과의 환상적인 조합이 무르익은 1990—91년 시즌부터였다.

조던의 주도하에 시카고 불스는 LA 레이커스를 꺾고

1991년에 최초로 NBA 정상에 등극한다.

하지만 과거와 달리 조던은 91시즌이 아닌 92시즌이 올해부터 팀을 이끌며 전성기를 구가했다.

그 시발점이 내일 저녁 매직 존슨이 이끄는 LA 레이커스를 통쾌하게 꺾은 후부터였다.

206㎝의 신장에도 불구하고 포인트 가드로 활동했던 매직 존슨은 1991년 HIV(인간 면역 결핍 바이러스)에 걸린 것을 발표한 후에 갑자기 은퇴했었다.

마이클 조던처럼 매직 존슨 또한 역사와 다르게 이번 시즌에도 놀라운 활약을 펼치며 팀을 이끌었다.

그와 함께 명예 전당에 입성한 빅 게임 제임스라는 별명을 가진 스몰 포워드인 제임스 워디와 함께 환상적인 궁합으로 최강의 팀을 구축했다.

나는 순간 마이클 조던이 신고 있는 신발을 보았다. 놀랍게도 나이키가 아니었다.

머릿속에 항상 나이키는 조던을 연상시키는 버릇이 생길 정도로 조던과 나이키는 떼려야 뗄 수 없는 관계였다.

하지만 무슨 일 때문인지 역사와 달리 나이키는 마이클 조던이 아닌 매직 존슨과 계약을 맺고 있었다.

'바로 이거다!'

머릿속에 떠오른 생각은 다른 생각이 아니었다.

나이키가 그랬던 것처럼 마이크 조던을 닉스의 모델로 삼는 것이었다.

네 명은 굳은 표정으로 식사를 주문했고 별로 이야기를 나누지도 않았다.

시카고 불스는 재작년 시즌부터 단 한 번도 매직 존슨이 이끄는 홈팀 레이커스를 LA에서 이기질 못했다.

그 징크스는 올해도 이어졌다.

그 때문인지 다들 표정들이 좋지 않았고 경직되어 있었다.

팬을 자처하는 한 인물이 사인을 요청하려고 다가갔지만 코치가 자리에서 일어나 거절하는 손짓을 보였다.

팬 또한 분위기가 좋지 않은 것을 안 때문인지 자신의 자리로 다시 돌아갔다.

"다들 키가 장난 아니게 크네요. 운동선수인가 봅니다?"

김만철은 세계적인 농구스타인 마이클 조던을 알지 못했다.

"시카고 불스의 농구선수들입니다. 내일 밤에 이곳 LA에서 경기가 있습니다."

"어쩐지. 한데 분위기가 초상이 난 것처럼 좋지 않네요."

"저도 잘은 모르지만, 홈팀인 LA 레이커스를 이곳에서 이긴 적이 없다고 합니다. 저도 공항에서 본 신문을 보고 알게 되었습니다."

나는 비행기에서 내리자마자 현지 신문을 사 보았었다.

그때 스포츠란을 전부 차지했던 이야기가 농구였다.

시카고 불스가 LA 레이커스의 홈에서 당하고 있는 13연패를 어떻게 탈출할 수 있을 것인가가 기사의 핵심이었다.

대다수의 현지 농구전문가는 절정의 기량을 뽐내고 있는 매직 존슨의 LA 레이커스를 이기기는 힘들 것으로 전망했다.

LA 레이커스는 이번 시즌에도 높은 승률로 1위 자리를 굳건히 지키고 있었다.

"저래서 우거지상들이었구먼. 싸워보지도 않고 벌써 패배한 것처럼 저러니 내일 경기도 뻔하겠네."

김만철은 옆 테이블에서 식사를 하는 시카고 불스 선수를 보며 말했다.

'만약 내일 경기에서 시카고 불스가 이길 수 있다면……'

그렇게만 될 수 있다면 마이클 조던과 인연을 만들 수도 있다는 생각이 들었다.

그들은 주문한 음식을 제대로 즐기지 못하고 서둘러 식

사를 마친 후 자리에서 일어났다.

그때 나는 식사를 마치고 걸어 나가는 조던을 향해 외쳤다.

"조던! 내일 경기에서 이길 방법이 있습니다."

내 말에 식당 밖으로 향하던 마이클 조던과 그 일행이 걸음을 멈추고 나를 돌아보았다.

하지만 그뿐이었다.

그는 나를 한 번 쳐다보고는 그대로 식당을 나섰다.

전혀 알지도 못하는 동양인이 한 말을 그냥 농담으로 취급한 것이다.

"무슨 말을 하신 것입니까?"

영어를 알아듣지 못한 김만철이 내게 물었다.

"내일 경기에서 이길 수 있는 방법이 있다고 했습니다."

"정말 이길 방법이 있습니까?"

"예, 조던이 닉스에서 만든 농구화를 신고서 경기에 임하고, 제 이야기를 듣는다면요. 충분히 LA 레이커스를 꺾을 수 있습니다."

이길 가능성이 없는 말을 꺼낸 것이 아니었다.

어떻게라도 내일 경기가 벌어지기 전에 마이클 조던을 만나야만 했다.

조던과의 우연한 만남은 닉스가 미국에서 크게 뻗어 나

갈 방법을 알려준 것이다.

　이것은 정말 하늘이 준 기회인지도 모른다는 생각이 들
었다.

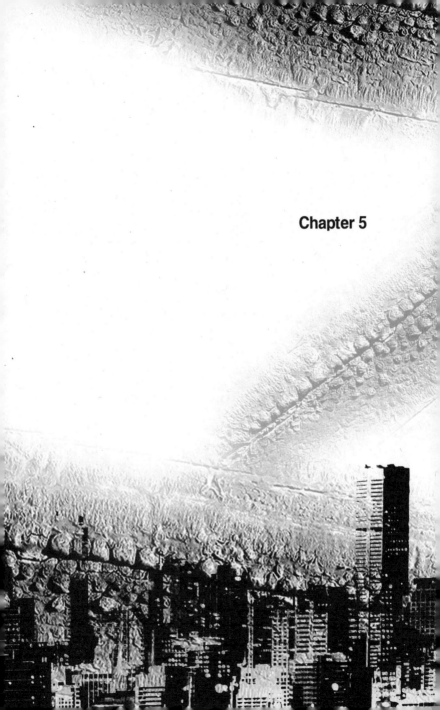

Chapter 5

　호텔로 돌아와서 급히 LA에 도착해 있는 수출 화물이 보관된 창고를 알아보았다.

　닉스에서 만든 농구화인 닉스에어-X를 업그레이드한 차기 제품인 에어파워-X를 미국 판매장에 전시하기 위해 다섯 개를 샘플로 보냈다.

　닉스에어-X는 국내 농구선수들이 가장 선호하는 제품이었다.

　대한민국은 현재 농구에 관심이 뜨겁고 인기 또한 폭발적이었다.

겨울 스포츠의 꽃으로 불리는 농구대잔치는 올해 삼성, 현대, 기아가 우승을 놓고 불꽃 튀는 경기를 벌였다.

여기에 연세대학교와 고려대학교가 합세하여 더욱 흥미와 재미를 불러일으켰다.

농구대잔치가 큰 인기를 얻고 있는 지금 광풍이라고 불릴 만큼 농구화가 청소년층에서 대유행이었다.

농구화 중에서는 나이키의 프리포스와 프로스펙스의 슈퍼볼이 인기를 끌고 있었지만, 그중에서도 가장 인기가 있는 제품은 닉스에어—X였다.

닉스에어—X는 매장에 진열되는 즉시 판매가 되었고 닉스에서 가장 많이 팔려 나가는 신발이었다.

나이키의 프리포스의 원래 이름은 에어포스였지만 닉스가 선점한 에어쿠셔닝 기술로 인해서 에어란 말을 쓸 수 없었다.

닉스에서는 농구의 폭발적인 인기에 힘입어 새로운 기술을 접목한 에어파워—X를 개발했다.

에어파워—X의 미드솔에 적용된 에어플러스 쿠셔닝은 즉각적인 반발력과 추진력을 제공하고, 발뒤꿈치부터 발가락까지 발 전체가 부드럽게 움직일 수 있도록 했다.

이번에 개발된 스프린트 프레임 기술력으로 발뒤꿈치에 안정감을 제공했고, 격렬한 경기 속에서도 선수들이 편안한 착용감과 완벽한 핏을 느낄 수 있도록 내부 부티 공법으로 디자인됐다.

아웃솔에는 접지력을 높이기 위한 물결무늬 패턴을 적용했으며 전체적으로 헤링본(청어의 뼈라는 의미, 물고기의 뼈 모양 혹은 화살의 오늬 같은 모양) 타입으로 이뤄져 있는데, 양옆으로 빠르게 움직일 때 가장 효과적으로 멈출 수 있도록 설계되었다.

신발 앞부분에는 새로운 레이싱 시스템을 적용하여 발을 더욱 완벽하게 고정해 주는 것이 특징이며, 더욱 발전한 닉스에어쿠셔닝 기술로 인해 쿠셔닝은 어떤 농구화보다 뛰어났다.

닉스에어—X를 신고 경기를 뛰는 농구선수들의 요구사항을 최대한 반영해서 만든 최첨단 농구화였다.

한마디로 이 시대에 나올 수 없는 뛰어난 농구화였다.

디자인에도 붉은색과 파란색, 그리고 검은색을 멋지게 조합하여 강렬한 색상과 닉스의 마크를 아름답게 형상화했다.

닉스의 에어파워—X는 지금까지 닉스에서 만들어진 어떤 신발보다 개발비가 많이 들어갔다.

실제 제작에도 손이 많이 가는 제품이라 내년 2월이 지나야만 생산에 들어갈 수 있다.

닉스의 에어파워―X는 미국의 소비자를 사로잡기 위해 만든 닉스의 비밀병기였다.

샘플로 제작된 다섯 개의 에어파워―X에는 마이클 조던의 신발 치수인 13인치(330㎜)가 있었다.

그보다 조금 더 큰 13.5인치 사이즈와 평균적인 사이즈 3개가 제작되었다.

어쩌면 이러한 선택이 이날을 위해서가 아닌가 하는 생각마저 들었다.

피터 싱어의 전화를 받았는지 창고에 근무하는 직원이 별도로 포장된 에어파워―X를 내주었다.

내가 필요한 것은 큰 치수의 제품들이었다. 나머지는 내일 전시를 위해 필요했다.

에어파워―X의 13인치와 13.5인치 제품을 2개를 챙겨서 호텔로 돌아왔다.

문제는 마이클 조던에게 이 신발을 어떻게 전달하는 가였다.

마이클 조던이 농구 경기에 신고 뛰는 농구화는 아디다스 제품이었다.

그는 대학 시절엔 컨버스 농구화를 주로 신었다.

프로 데뷔 이후 선호하는 브랜드로 아디다스를 꼽았던 선수였던 마이클 조던은 역사와 달리 나이키가 아닌 아디다스를 신고 경기에 뛰고 있었다.

마이클 조던이 신고 뛰는 농구화는 닉스의 에어파워—X
와 비교하면 쿠셔닝은 거의 고무신보다 조금 나은 수준이
었다.

토박스(신발의 앞부분) 부분도 낮아 발가락이 움직이기 힘
들 뿐만 아니라 발볼도 좁아 편안한 착용감을 얻기 힘들었
다.

더구나 발목이 높았지만 그렇다고 발목을 잘 지지해 주
는 것도 아니었다.

지금 만들어지고 있는 대부분의 농구화가 그랬다.

닉스는 농구화 부분에서는 다른 신발 업체보다 적게는
2~3년, 많게는 4~5년 이상 기술적인 부분이 앞서나갔
다.

닉스에서 신발 개발에 들어가는 개발비와 디자인 비용에
전체 매출액의 10% 이상을 투자하고 있었고, 별도의 자금
이 추가로 각 시리즈 개발에 사용되었다.

금액적인 부분이나 투자 비율로 따지면 국내는 물론이고
다른 외국 브랜드와 비교해도 전혀 뒤처지지 않았다.

이미 국내에는 따라올 회사가 없었다.

개발비와 디자인에 이 정도의 금액을 투자하는 회사는
아직까지 국내에는 없었다.

올해 닉스의 매출액은 수출 금액을 합하여 천억 원을 돌파했다.

이 중 40% 넘는 금액이 순수한 이익금이었다.

마이클 조던이 닉스의 에어파워—X를 신는다면 이전에 경험해 보지 못한 신세계를 맛볼 수 있을 것이다.

하지만 그것만으로는 승부를 완벽히 장담할 수 없었다.

LA 레이커스를 상대로 기존 농구 전술에서 변화가 필요한 시점이었다.

머릿속에서 마이클 조던을 만날 방법을 생각하다가 새벽에야 잠이 들었다.

*   *   *

피터 싱어의 전화를 받고서야 잠에서 깨어났다.

시간을 보니 오전 9시였다.

김만철은 운동하러 갔는지 보이지 않았다.

김만철은 호텔에 처음 도착하자마자 프런트에 운동시설이 있는 곳을 물어보았다.

10시에 오픈하는 피터 싱어의 판매장은 호텔에서 차로 17분 정도 떨어진 곳에 있었다.

판매장은 자신의 이름을 딴 피터마트였다.

이천 평 규모의 피터마트에는 운동화는 물론 생필품을 비롯한 다양한 제품을 판매했다.

피터마트 주변으로는 아디다스를 비롯한 닉스와 경쟁상대인 나이키의 매장이 자리를 잡고 있었다.

피터 싱어는 이런 규모의 판매장을 LA 중심지를 비롯하여 인근 지역에 3개나 갖고 있었다.

이번에 출장을 간 시카고에다가는 3천 평 규모의 판매장을 오픈할 예정이다.

샤워를 끝내고 머리를 말리고 있을 때 김만철이 운동을 마치고 돌아왔다.

"일어나셨네요. 많이 피곤하신 것 같아서 깨우지 않았습니다."

"예, 저도 모르게 늦잠을 잤네요."

평소에는 늦게 잠이 들어도 새벽 6시면 어김없이 잠자리에서 일어났다.

"다 씻으셨으면 식당으로 내려가시죠?"

"아닙니다. 시간이 부족한 것 같아서 룸서비스로 식사를 시켰습니다."

"그럼 저도 옷을 갈아입고 준비하겠습니다."

"그렇게 하십시오. 피터 싱어 씨가 승용차를 보내주기로 했습니다."

"알겠습니다."

김만철이 외출복으로 갈아입기 위해 옷장이 있는 곳으로 향할 때 식사가 도착했다.

서둘러 식사를 마친 후에 우리는 피터마트로 향했다.

차 안에서도 마이클 조던을 만날 생각뿐이었다.

어떻게 하든지 경기 전에 그를 만나 에어파워-X를 전달해야만 했다.

피터마트에 도착하자 미국 특유의 넓은 주차장에 크고 넓은 단층 건물이 눈에 보였다.

주차장에는 많은 차가 이미 주차해 있었고 마트의 옆 벽에는 큰 플래카드로 닉스 신발을 광고하고 있었다.

마트에 들어가려고 기다리는 사람들 중 상당수가 젊은 층이었고 특히 동양인이 많았다.

하지만 적지 않은 숫자의 흑인과 백인도 눈에 띄었다.

만약 마이클 조던과 닉스가 광고 계약을 맺는다면 지금 눈앞에 보이고 있는 인종의 비율이 확 달라질 것이 분명했다.

마트 안으로 들어가자 닉스를 판매하는 장소에는 직원들이 신발 상자들을 탑처럼 쌓고 있었다.

닉스가 자리 잡은 곳은 마트 내에서도 가장 눈에 띄는 곳이었고 사람들의 접근이 쉬운 장소였다.

"하하하! 어서 오십시오. 제가 마중을 나갔어야 하는데, 급한 일 때문에 자리를 비웠습니다. 대신 오늘은 제가 멋지게 대접하겠습니다."

피터 싱어는 나를 보자마자 반갑게 웃으면서 말했다.

"아닙니다. 이렇게 초대를 해주셔서 감사합니다. 신경을 써주신 덕분에 어젯밤 편하게 지냈습니다."

피터 싱어는 나에 대해 신경을 썼고 호텔 방도 스위트룸으로 잡아주었다.

"하하하! 다행입니다. 뭐든지 필요한 것이 있으면 말을 하십시오."

나는 피터 싱어의 말에 주저 없이 말했다.

"그럼 혹시 오늘 농구 경기가 있기 전에 마이클 조던을 만나볼 수 있는 방법이 없겠습니까?"

피터 싱어는 나에게 LA 레이커스의 열광적인 팬이라고 말했다.

그는 홈에서 벌어지는 전 경기를 볼 수 있는 연간 VIP 회원권을 매년 구매하는 열렬한 팬이자 이 지역에서 이름 꽤나 알려진 명사였다.

그 때문인지 피터 싱어는 LA 레이커스 선수들과도 안면이 있었다.

"하하하! 강 대표님이 마이클 조던의 팬이신가 봅니다."

나는 피터 싱어에게 마이클 조던을 만나고 싶은 이유에 대해 아직 말하지 않았다.

"예, 어제 우연히 저녁 식사를 하던 중에 조던을 식당에서 보게 되었습니다. 그래서인지 오늘 저녁 경기 전에 꼭 한번 만나보고 싶다는 생각이 들었습니다. 오늘이 아니면 힘들 것 같아서요."

"음, 마이클 조던이라… 매직 존슨은 어떻게 해보겠는데, 하여간 알았습니다. 제가 한 번 알아보겠습니다."

피터 싱어는 쉽지 않겠다는 표정이었지만 거절하지는 않았다.

"감사합니다."

"자! 그러면 이곳을 한번 둘러보시고 점심때는 다른 곳으로 이동하시죠."

LA에 있는 모든 판매장을 둘러보기로 했다.

한 곳의 매장으로는 닉스 신발의 판매 추이를 살피기 힘들다.

또한 새롭게 출시된 신발에 대한 미국 소비자의 반응도 알아봐야 했다.

10시가 되자 피터마트의 문이 열렸고 많은 사람이 마트 안으로 들어왔다.

그리고 적지 않은 사람들이 닉스 신발을 판매하는 장소

로 몰려들었다.

자신이 원하는 신발을 들고는 계산대로 향했다.

그리고 안전유리에 담겨 전시 중인 닉스의 에어파워—X
에 큰 관심을 나타냈다.

미국에서는 한국에서처럼 신발을 구매하기 위해 이른 아
침부터 길게 줄을 서며 기다리는 모습은 연출되지 않았다.

닉스 신발이 인기는 있었지만 한국과 달리 폭발적이지
않았다.

하지만 무언가 촉매제 역할을 해준다면 지금보다 월등한
판매량을 보일 수 있을 것이라는 확신이 들었다.

나는 그 촉매제 역할을 할 수 있는 인물을 잘 알고 있었
다.

마이클 조던과 손을 잡는다면 미국은 물론 닉스의 파급
력은 전 세계로 뻗어 나갈 것이다.

피터 싱어와 함께 3개의 마트를 모두 돌면서 그러한 생각
이 더욱 굳어졌다.

*   *   *

우리는 LA 레이커스의 홈경기장인 스테이플스 센터(Staples
Center)에 경기가 시작되기 1시간 전에 도착했다.

19,282명이 들어가는 농구경기장은 LA 레이커스를 응원하는 유명스타들이 자주 찾는 명소였다.

경기는 저녁 6시에 시작이었다.

피터 싱어는 경기장에 도착하기 전에 자신이 알고 지내는 경기 관계자들에게 전화를 걸어 마이클 조던을 만날 수 있는지를 타진했다.

하지만 이곳에서 계속된 연패 때문인지 시카고 불스의 선수들은 언론과의 접촉도 꺼릴 정도여서 만남을 확답받지 못했다.

방법은 경기장 안에서 직접 마이클 조던과 부닥치는 것밖에는 없었다.

피터 싱어는 날 위해서 시카고 불스 선수들의 라커룸이 있는 곳까지 들어갈 수 있게 해주었다.

라커룸 입구 쪽에는 선수들을 보호하기 위해 경비들이 있었고, 그들은 피터 싱어를 잘 알고 있었다.

피터 싱어는 그들에게 백 달러씩 내주며 나를 라커룸 근처에 머물 수 있도록 했다.

대신 선수들이 머무는 라커룸 안으로는 들어갈 수 없었다.

내가 마이클 조던을 만나려면 그가 화장실을 가기 위해 잠시 라커룸에서 나올 때까지 기다리는 것이 전부였다.

만약 그대로 선수들과 함께 경기장으로 향한다면 그걸로 끝이었다.

경기장에 가지고 간 에어파워—X를 20분 동안 들고 서 있는 때 후보 선수들이 하나둘씩 라커룸에서 나오고 있었다.

그들은 몸을 풀기 위해 경기장으로 향했다.

30분이 지났지만 마이클 조던이 나오지 않았다. 이러다가 곧장 경기장으로 향하면 모든 노력이 허사였다.

정말 누군가를 이렇게나 애타게 기다리기는 처음이었다.

35분쯤 되었을 때였다.

마이클 조던과 스카티 피펜, 그리고 센터인 룩롱리가 굳은 표정으로 라커룸에서 나오고 있었다.

그들은 곧장 경기장으로 걸어가려고 했다.

'지금밖에 기회가 없다.'

"조던! 오늘 경기에서 이길 방법이 있습니다."

나는 그들을 향해 큰소리로 외쳤다.

내 목소리에 조던이 고개를 돌렸다.

그는 날 보더니 하얀 이를 드러내며 고개를 절레절레 흔들었다.

어제저녁 식당에서 만난 날 알아보는 것 같았다.

그는 잠시 망설이더니 나에게로 걸어왔다.

"이 친구 정말 끈질긴 친구네. 좋아! 90초의 시간을 주지, 자, 설명해 봐"

90초의 시간은 농구경기 중에 감독이나 선수가 요청할 수 있는 작전타임의 시간이었다.

마이클 조던의 말에 순간 머릿속에 정리되었던 말이 모두 사라져 버렸다.

정말 인생에서 꼭 한 번 보고 싶었던 인물이 내 눈앞에서 말을 던진 것이다.

'그냥 신발을 신어보라고 하면 될 일이 아니다. 뭐라고 말해야 하지?'

순간 머릿속이 뒤죽박죽이 되었다.

"시간이 얼마 없다고, 이 친구야."

조던의 말에 나는 정신을 차렸다.

"레이커스의 매직 존슨처럼 1~2쿼터는 포인트 가드 역할에 치중하다가 3쿼터 이후부터 원래의 슈팅 가드 역할을 하십시오. 조던 선수의 역할을 피펜 선수가 맡고 골 밑에서는 룩롱리 선수가 득점하도록 해야 합니다. 초반 전술에서 레이커스의 의표를 찌르는 거죠."

호주 출신의 센터인 룩롱리 선수는 골 밑 싸움에 능했다.

사실 시카고 불스의 주공격은 마이클 조던이었고 그의

재능을 살리는 데 집중되어 있었다.

하지만 모든 공격은 선수들에게 기회가 균등하게 돌아갈 때 효과적인 힘을 발휘한다.

그러기 위해선 선수들은 욕심을 버리는 적극적인 헌신이 필요하다.

"하하하! 왜 그렇게 해야 하지?"

조던은 어이가 없다는 웃음을 보이며 물었다.

생판 모르는 인물이 자신에게 농구 감독처럼 작전을 설명한 것이다.

"이 신발에 익숙해지기 위해서는 시간이 좀 필요합니다. 더구나 너무 점수 차가 벌어지면 따라잡기가 힘드니까요."

나는 재빨리 옆에 두었던 에어파워—X를 내밀었다. 하지만 조던은 별 관심을 보이지 않았다.

"후후! 신발 회사에서 나온 것이었나? 시간이 다 되었군, 친구. 난 이만 가보겠네."

그와 계약하기 위해 접근하는 신발 회사가 많았다. 마이클 조던은 나를 뒤로한 채 경기장으로 향했다.

"조던! 난 진심으로 당신을 좋아합니다. 그리고 꼭 이번 경기에서 LA 레이커스를 이기고 싶은 마음이 당신처럼 강합니다. 이 신발은 당신을 코트 위에서 날 수 있게 만들 수 있습니다."

뒤돌아 걸어가던 조던은 내 말에 걸음을 멈추었다. 그리고는 내가 들고 있던 신발 상자를 받아 들었다.

하지만 에어파워―X의 신발 상자를 열어보지는 않았다.

"경기 재미있게 보라고."

그의 입에서는 신발을 신어보겠다는 말도 없이 경기장으로 향했다.

내가 할 수 있는 것은 여기까지였다.

"후! 내가 지금 무슨 말을 한지도 모르겠네."

농구를 정말 좋아했기에 동경의 대상을 직접 만나 이야기를 나누었다는 것이 날 무척이나 흥분시켰다.

나는 아쉬움을 뒤로한 채 피터 싱어와 김만철이 기다리고 있는 곳으로 향했다.

*　　　*　　　*

스테이플스 센터는 농구를 관람하기에 최적의 경기장이었다.

피터 싱어와 김만철이 기다리고 있는 곳은 맨 앞쪽이었다.

경기를 치르는 농구선수들을 바로 코앞에서 볼 수 있는 자리였고 가격이 가장 비싼 곳이었다.

스테이플스 센터의 입장권은 수십 달러에서 수백 달러까지 천차만별이었다.

피터 싱어는 경기장을 찾은 LA지역의 유명인사들과 인사를 나누고 있었다.

"조던을 만나셨습니까?"

피터 싱어가 나를 보며 물었다.

"예, 운 좋게 만날 수 있었습니다. 도와주셔서 감사합니다."

"다행입니다. 전 레이커스를 응원할 것입니다. 대표님은 조던이 있는 불스겠지요?"

"예, 오늘은 시카고 불스가 이곳에서 승리하기를 바라고 있습니다."

"하하하! 그건 그리 쉽게 되지 않을 것입니다. 요즘 레이커스 선수들이 펄펄 날고 있거든요."

피터 싱어의 말처럼 레이커스는 서부지구 1위를 달리고 있었다.

시카고 불스는 동부지구에 속한 팀이었고 현재 동부지구 4위에 올라 있었다.

넓은 경기장에는 농구 경기를 보러온 사람들로 가득했다.

장내 아나운서가 오늘 경기를 치를 선수들을 일일이 호명하자 사람들은 환호성을 지르며 선수들을 응원했다.

특히나 서부지구 1위를 달리는 LA 레이커스의 선수들이 입장할 때는 그 환호성이 절정에 달했다.

모든 소개가 끝나고 선수들은 공을 던지며 경기를 준비했다.

몸을 풀고 있는 선수들의 모습만 보더라도 LA 레이커스의 선수들의 몸 상태가 좋다는 것이 확연히 느껴졌다.

그에 반해 시카고 불스 선수들의 몸놀림은 왠지 딱딱한 느낌이었다.

이곳에서 LA 레이커스에 12연패를 당하고 있다는 부담감이 선수들에게 중압감으로 작용한 것 같았다.

더구나 일방적인 응원도 시카고 불스 선수들을 위축되게 만드는 심리적인 요인이었다.

난 마이클 조던 선수의 신발을 유심히 보았다.

'아! 신발을 신지 않았구나.'

그가 신은 신발은 내가 건네준 에어파워—X가 아닌 평소에 신고 경기에 임했던 아디다스 농구화였다.

"후! 쉽지 않네."

그 모습에 나도 모르게 한숨이 나왔다.

"무슨 말이십니까?"

김만철이 내 말의 의미를 물었다.

"제가 생각한 대로 되지 않아서요. 그냥 경기나 재미있게 봐야겠습니다."

"무슨 일인지는 모르지만 너무 급하게 생각하지 마십시오. 인생사 새옹지마(塞翁之馬)라 않았습니까."

김만철은 마이클 조던이나 매직 존슨을 모르고 있었다.

그리고 내가 마이클 조던을 만나 닉스에서 만든 에어파워—X를 건넨 이유에 대해서도 전혀 알지 못했다.

경기가 시작되었다.

먼저 공격하는 팀은 점프볼에서 볼을 따낸 LA 레이커스였다.

레이커스의 경기 운영을 주도하고 있는 매직 존슨이 천천히 공을 드리블하며 시카고 불스의 코트로 들어갔다.

코트 위의 마술사라 불린 매직 존슨은 NBA 역사를 통틀어 뛰어난 기술을 가지고 경기하는 방식을 바꿔 놓은 몇 안되는 선수 중의 하나였다.

그때였다.

천천히 손가락으로 무언가를 가리키던 매직 존슨의 손에서 공이 떠났다.

공은 링 위로 떠올랐고 그 순간 제임스 워디가 솟구치며 덩크로 연결했다.

시카고 불스 선수 중 누구도 예상하지 못한 완벽한 앨리웁 패스였다.

와! 와와!

그 모습에 홈 관중들은 열렬한 환호성이 터져 나왔다.

정말이지 환상적인 패스였다.

선공을 멋지게 성공한 레이커스의 선수들은 자신의 코트로 재빨리 돌아와 수비를 펼쳤다.

1쿼터는 비등비등하게 나아갔다. 하지만 2쿼터 초반부터 마이클 조던의 공격이 막히기 시작하자 점수 차가 벌어지기 시작했다.

2쿼터부터는 매직 존슨의 환상적인 패스들이 더욱 터져 나왔다.

속공 상황에서 나오는 노룩 패스(농구 경기에서 수비수를 속이기 위해 엉뚱한 방향을 보면서 패스하는 동작)는 물론 이고, 두세 명의 선수를 드리블로 제치고 들어가서 전혀 생각지도 못한 오버핸드 패스(팔을 머리 위로 들어 패스하는 동작)는 불스 선수들을 아연실색하게 만들었다.

"야아! 정말 저 선수 장난이 아닙니다."

김만철도 매직 존슨이 펼치는 놀라운 장면마다 탄성을 터뜨렸다.

홈 관중들은 오늘 경기도 레이커스가 이길 것을 의심치 않았다.

더구나 시카고 불스 선수들은 오늘따라 실수를 자주 저지르며 경기의 맥을 끊어놓았다.

　농구장 안에 있는 불스 선수들은 레이커스 선수들보다 더 지쳐 보였다.

　정말 이대로 가다가는 13연패가 기정사실이 될 것 같았다.

　"이대로는 힘들겠네."

　내 말이 입에서 떨어지자마자 매직 존슨이 던진 3점 슛이 성공했다.

　삐— 익!

　그러자 곧바로 시카고 불스에서 작전타임을 요청했다.

　마이클 조던은 천천히 걸어들어 오더니 의자에 털썩 앉자마자 수건으로 얼굴을 가렸다.

　그의 표정에서도 경기가 잘 풀리지 않고 있다는 것이 역력했다.

　점수는 벌써 15점 차이로 벌어진 상태였다.

　필 잭슨 감독도 지금 상황을 타파할 뚜렷한 해법이 없어 보였다.

　그는 평소에도 선수들의 플레이에 크게 관여하지 않았다.

　문제는 지금의 흐름을 빠른 시간 안에 시카고 불스로 가져와야만 했다.

'이대로라면 조던과의 인연은 여기까지다.'

그때 마이클 조던이 농구화의 신발 끈을 다시 묶으려는지 고개를 밑으로 숙이는 모습이 전광판에 잡혔다.

그와 함께 의자 밑에는 내가 건네주었던 에어파워—X가 놓여 있는 것이 화면에 살짝 비쳤다.

'신발이 있다.'

그 순간 나는 있는 힘을 다해 외쳤다.

"조던! 이길 수 있는 방법이 있습니다."

우리가 앉아 있는 곳 앞쪽에 불스 선수단의 자리가 마련되어 있었다.

그때였다.

조던이 내 소리를 들었는지 내가 앉아 있는 곳을 향해 고개를 돌렸다.

난 그 순간을 놓치지 않았다.

"의자 밑에 신발이 있어요."

시카고 불스 관계자가 갖다 놓았는지 알 수는 없지만 조던이 앉아 있는 의자 옆 아래에 신발 상자가 놓여 있었다.

조던은 잠시 생각에 잠긴 표정을 짓더니 의자 밑에 있는 신발 상자를 꺼내 들었다.

그리고는 자신이 신고 있던 아디다스 농구화를 벗었다.

"됐다!"

그 순간 나도 모르게 두 주먹에 힘이 들어갔다.

마이클 조던이 에어파워-X를 갈아 신는 모습이 전광판에 잡혔기 때문이었다.

삑!

심판의 호각 소리와 함께 불스의 공격으로 다시 경기가 재개되었다.

스몰 포워드인 스카티 피펜에게서 공을 받자마자 마이클 조던이 자신의 전매특허인 턴어라운드 페이드 어웨이(상대 수비를 등지고 살짝 움직이면서 거리를 측정한 뒤 점프와 동시에 몸을 회전시키면서 상체를 뒤로 젖힌 채 쏘는 슛) 슛을 던졌다.

슛은 정확하게 링을 지나 그물망을 흔들었다.

놀라운 점프력에서 나오는 조던의 페이드 어웨이 슛은 상대편 선수가 막을 수가 없었다.

이번 슛은 정말 한 마리 새가 날아오르는 것처럼 멋진 슛이었다.

그때였다.

조던이 자신의 코트로 되돌아오면서 내가 앉아 있는 쪽을 향해 엄지손가락을 치켜세웠다.

2쿼터가 끝나자 점수 차가 8점으로 좁혀들었다.

2쿼터 후반부터 조던의 슛이 터지기 시작한 덕분이었다.

하프타임(중간 휴식 시간)이 되자 마이클 조던은 팀 관계자에게 내가 건네주었던 또 하나의 에어파워—X 신발을 가져오라고 했다.

나는 두 개의 신발 상자를 마이클 조던에게 건넸다.

그리고 3쿼터가 시작되었을 때에 스카티 피펜 또한 에어파워—X를 신고 나왔다.

아마도 마이클 조던이 피펜에게 신발에 대한 이야기를 한 것 같았다.

시간이 흐를수록 신발에 적응된 두 선수의 움직임이 조금씩 달라져 갔다.

이전 쿼터보다도 더욱 부드럽고 민첩한 움직임을 보이기 시작한 것이다.

경기의 흐름은 시종일관 시소게임처럼 일진일퇴를 거듭했다.

3쿼터 중반부터는 조던은 슛보다 완벽한 기회가 있는 쪽으로 패스를 더 많이 했다.

그 결과 스카티 피펜과 룩룽리가 점수를 차곡차곡 쌓아갔다.

수비에서도 마이클 조던은 상대팀 득점원인 제이스 워드를 철저하게 막았다.

마이클 조던의 수비는 NBA에서도 정평이 나 있었다.

하지만 3쿼터가 끝났을 때에도 LA 레이커스가 4점을 앞서나갔다.

중요한 순간마다 매직 존슨의 슛이 터졌고 레이커스를 달아나게 만들었다.

경기를 중계하는 아나운서들은 오늘 경기의 흐름이 묘하게 흘러가고 있음을 전했다.

2쿼터까지만 해도 레이커스의 낙승을 예상했지만 3쿼터가 끝난 지금 경기를 예측하기가 무척이나 힘들어졌다.

4쿼터가 시작되자 경기는 더욱 치열해졌고, 수비를 하던 중에 주전 센터인 룩롱리가 5반칙으로 퇴장되고 말았다.

불스에게로 돌아왔던 흐름이 또다시 레이커스로 흘러갈 수도 있는 상황이었다.

대체 선수가 들어왔지만 골 밑 싸움에서 불스가 밀리는 형국이었다.

매직 존스의 패스 또한 골 밑을 향했고 성공률이 더 높아졌다.

4쿼터 중반까지 4점 차의 점수는 좀처럼 좁혀지지 않았다.

하지만 4쿼터 후반이 되자 마이클 조던과 스카티 피펜의 슛이 연달아 성공하며 점수 차를 2점으로 좁혀졌다.

두 사람의 움직임이 다른 선수들보다 남달랐기 때문이었다.

전광판의 남은 시간은 23초를 가리키고 있었고 LA 레이커스의 공격이었다.

레이커스는 천천히 공을 돌리며 시간을 보냈다.

8초가 남았을 때에 링을 향해 공을 던지던 제임스 워디의 슛을 마이클 조던이 놀라운 점프력으로 블로킹했다.

조던은 코트에 떨어진 공을 잡는 순간 전광판 표시된 시간은 7초였다.

조던은 지체 없이 곧 밑으로 달려가는 스카티 피펜에게 공을 던졌다.

피펜은 노마크 골 밑 찬스에서 슛을 하지 않았다.

그는 3점 라인 밖에 서 있는 존 팩슨에게 공을 패스했다.

수비가 전혀 없는 상황에서 존 팩슨이 던진 공은 완벽한 포물선을 그리며 그물망을 통과했다.

"98 대 97."

시카고 불스가 경기 시작 후 처음으로 앞서가는 상황이 연출되었다.

남은 시간은 2초였다.

레이커스의 작전타임은 이미 사용한 상태였다.

매직 존슨은 자신에게 달라붙는 피펜을 피하며 공을 잡

자마자 시카고 불스의 골대를 향해 던졌다.

모든 관중이 매직 존슨의 손에서 떠난 공을 쳐다보았다.

공은 백보드를 맞고는 링 주변을 튀기며 맴돌았다.

모두가 숨을 죽이는 순간이었다.

하지만 공은 정말 아깝게도 골대의 링을 통과하지 못한 채 코트로 떨어지고 말았다.

경기가 끝나는 버저 소리가 들려오자 시카고 불스의 선수들 모두가 코트로 쏟아져 나오며 환호했다.

마치 우승이라도 한 것처럼 펄쩍펄쩍 뛰며 기쁨을 감추지 못하는 모습이었다.

LA 레이커스의 홈 관중들은 머리에 손을 얹으며 안타까운 표정들을 지었다.

오늘의 경기는 명승부였다.

시카고 불스가 지긋지긋했던 레이커스 홈 12연패의 사슬을 끊어지는 순간이기도 했다.

오늘 경기는 미국 전역에 중계되고 있었고 마이클 조던과 스카티 피펜이 신고 있는 에어파워-X의 영상도 함께 전해졌다.

Chapter 6

경기가 끝난 다음 날 TV와 신문을 비롯한 모든 언론매체가 시카고 불스의 LA 레이커스의 홈 연패 탈출에 대한 기사를 앞다투어 실었다.

또한 스포츠뉴스 시간에 방영된 하이라이트 영상에는 마이클 조던의 활약을 중점적으로 다루었다.

특히 그 영상에는 마이클 조던이 작전타임 때에 신발을 갈아 신는 영상이 비치기도 했다.

뉴욕타임스나 워싱턴포스트 등 여러 신문에 실린 사진마다 에어파워─X의 신발을 신은 마이클 조던의 사진이 또렷

하게 나왔다.

이러한 효과는 다음 날 바로 나타났다.

전날보다 두 배 이상의 사람들이 닉스 신발을 판매하는 피터마트로 몰려들었다.

대다수가 청소년과 젊은이였다.

오후가 되자 더 많은 사람이 몰렸다. 그리고 어느 순간부터 동양인보다는 흑인과 백인이 월등히 많아졌다.

닉스 신발을 판매하는 곳에 배치된 직원도 3명에서 8명으로 늘어났다.

많은 사람이 마이클 조던이 LA 레이커스전에서 신고 뛰었던 에어파워-X에 판매 여부를 물었다.

판매직원의 설명에 다들 아크릴 상자에 전시 중인 에어파워-X를 구경하기 위해 한꺼번에 사람들이 몰렸다.

그 때문에 아크릴 상자 안에 전시된 에어파워-X를 지키기 위해 마트 경비원이 상자 옆에 상주하게 되었다.

판매장에 몰려든 사람들은 그대로 돌아가지 않았다.

농구화인 닉스에어-X나 닉스의 다른 신발들을 구매했다.

닉스에서 생산되는 신발들은 다른 유명업체에서 나오는 신발들보다 기능적인 면이나 디자인이 우수했다.

이러한 일은 피터 싱어가 관리하는 LA에 위치한 3곳의 마트에서 동시에 벌어졌다.

또한 마이클 조던이 경기 중에 신었던 신발에 대한 문의가 쉴 새 없이 이어졌다.

가장 고무적인 것은 마이클 조던의 전반적인 업무를 관리하는 에이전트 데이비드 포크라는 인물이 전화를 나에게 걸어왔다.

그의 말을 빌리면 마이클 조던이 에어파워-X에 큰 관심을 보이다고 전했다.

현재 마이클 조던은 컨버스와 계약을 끝내고 아디다스에서 물품 지원을 받고 있었다.

아디다스는 조던과의 계약을 원했지만 조던이 원하는 만큼의 금액을 선뜻 내어놓지 않았다.

아디다스는 마이클 조던에게 크게 투자할 마음이 없었다.

또한 마이클 조던은 미국에서 크게 인기를 얻고 있던 컨버스에 자신의 이름을 딴 농구화를 만들어주길 원했지만 거절당했다.

그로 인해 컨버스와 계약을 연장하지 않았다.

현재 미국 스포츠 신발 시장은 리복과 아디다스, 그리고 나이키의 삼파전이었다. 한창 인기를 끌던 컨버스의 매출은 예전과 같지 않았다.

리복은 전인미답의 에어로빅 시장에 진출하여 큰 성공을 거두었고, 미국 시장에서의 매출이 4배나 늘어난 상태였다.

아디다스 또한 공격적인 광고와 스포츠 선수들을 통한 마케팅이 성공적이라는 평가를 들었다.

나이키도 NBA의 인기에 힘입어 농구스타들과의 계약을 통해서 매출이 늘고 있었지만, 나이키의 선택은 매직 존슨이었다.

데이비드 포크의 요구는 간단했다.

―알려진 회사가 아니라는 것이 좀 그렇지만 조던이 신발을 마음에 들어 합니다. 그래서…….

조던의 이름을 딴 신발을 만들어주고 나이키가 매직 존슨과 계약했던 금액을 맞춰달라는 것이다.

매직 존슨은 나이키와 4년간 1천 2백만 달러를 받았다.

"좋습니다. 구체적인 계약은 만나서 이야기하시죠."

나는 그의 말에 속으로 쾌재를 불렀다.

오히려 내가 마이클 조던의 이름을 사용해 시그니처(특징·표시·사인) 모델을 만들겠다는 요구를 하려고 했었다.

이건 정말 내가 원하던 결과였다.

문제는 돈이었다.

현재 닉스가 가지고 있는 여유 자금은 마이클 조던이 요구한 계약 금액의 절반 정도뿐이었다.

닉스는 가로수길에 짓고 있는 본사건물과 도시락의 러시아 현지공장 설립에 상당한 금액이 투자된 상태였다.

마이클 조던이 원하는 금액을 마련하려면 2개월 정도가 소요되었다.

조던이 현재 시카고 불스에서 받고 있는 연봉은 3백 90만 달러였다.

그는 연봉보다 광고 계약을 통해서 그보다 훨씬 많은 소득을 올리고 있었다.

미국에서 마이클 조던의 영향력은 절대적이라는 말이 맞았다.

한창 그의 실력이 꽃을 피우고 있는 시기이기도 했다.

피터 싱어가 운영하는 마트에서 하루 동안 팔려 나간 닉스 신발이 5만 8천 켤레를 넘어섰다.

신발의 품질과 디자인이 경쟁상대의 제품보다 우수한 것도 중요했지만, 그 제품을 대중에게 알리는 것이 얼마나 중요한지 말해주는 사건이었다.

피터 싱어는 내가 마이클 조던을 만나길 원했던 이유를 하루가 지난 후에야 알아챘다.

"하하하! 정말 대단하십니다. 전 꿈에도 생각지도 못한 일입니다."

만면에 웃음을 띠며 말하는 피터 싱어였다.

"아닙니다. 싱어 대표님께서 도와주지 않았다면 불가능한 일이었습니다. 지금보다 앞으로가 더 중요합니다."

"까다롭기로 소문이 난 마이클 조던이 먼저 요청한 일은 흔치 않습니다."

나는 피터 싱어에게 조던과의 광고 계약에 관해 이야기를 해주었다.

그는 누구보다도 환영하는 모습이었다.

마이클 조던을 전면에 내세운다면 닉스 신발의 판매는 지금보다 당연히 늘 수밖에 없었다.

"예, 저도 큰 행운이라고 생각하고 있습니다. 하지만 문제는 현재 닉스가 추진하는 일에는 마이클 조던과의 계약은 예정에 없던 일이라서 자금 계획에는 들어 있지 않았습니다. 그래서 조던 측이 요구하는 금액을 맞춰주기가 조금 여의치가 않습니다."

여유 자금이 충분치가 않은 것이 문제다.

닉스에서 모든 금액을 조달하게 되면 운영 자금이 부족해진다.

내가 가지고 있는 신세계 주식을 매매한다면 부족한 금액을 채울 수는 있지만 그렇게 되면 나 또한 여유 자금의 운용이 원활하게 돌아가지 않는다.

현재 신세계는 삼성에서 완전히 분리되어 독립된 회사가

되었다.

그 결과 원래 내가 매입한 주가보다 2배 정도 오른 상황이었다.

닉스 외에도 다른 회사들도 급하게 자금이 필요할 상황이 발생할 수 있었다.

부산에서 발굴한 금괴를 내다 판다면 자금을 마련할 수 있겠지만, 안전을 위해서는 조금씩 유통해야만 했다.

너무 많은 양을 한꺼번에 시장에 내다 팔게 되면 누군가가 주시하게 될 수 있었다.

그것이 정부가 되었든 개인이 되었든 간에 말이다.

"그럼 이렇게 하시면 어떻겠습니까? 제가 필요하신 금액을 먼저 빌려드리고 그 금액만큼 닉스 신발로 받겠습니다."

현재 조던과의 계약을 위해 필요한 금액 중에서 대략 오백만 달러가 부족했다.

"음, 고마운 말씀입니다만 지금 당장 신발을 생산해서 보내드릴 수 없습니다. 국내의 생산량이 한정된 상태라서 빠른 시간 내에는 어렵습니다."

공장의 생산량을 늘리지 않는 한 수출되는 물량은 한계가 있었다.

"저도 그 부분에 대해서는 충분히 기다리고 수용할 수 있습니다. 대신 저에게 닉스의 미국 판매 독점권을 주십시오.

그러면 제가 드리는 금액 중 절반에 해당하는 금액에 대해서만 신발로 받겠습니다. 저도 닉스 판매를 위해 그만한 투자를 해야 한다고 생각합니다."

한마디로 미국에서 닉스 독점권을 위해서 250만 달러의 값을 치르겠다는 말이었다.

그는 닉스의 미래를 낙관하고 있었고 투자한 금액 이상으로 돈을 벌 수 있다는 것을 눈으로 확인했다.

유대인인 피터 싱어는 타고난 장사꾼이었고 기회를 놓치지 않는 인물이었다.

현재 피터 싱어는 LA지역에서 닉스 광고를 위해서 지금까지 11만 달러를 투자했다.

"그건 저 혼자 결정한 문제가 아니라서 바로 말씀드리기 어렵겠습니다. 우선 닉스에 연락해서 계약과 관련된 상황을 체크한 후에 말씀을 드리겠습니다."

250만 달러를 투자하겠다는 피터 싱어는 닉스의 독점권을 얻으면 그보다 열 배, 스무 배의 이익을 취할 수 있었다.

"알겠습니다. 그럼 좋은 소식을 기다리고 있겠습니다. 오늘 저녁은 함께하시죠? 저와 친한 친구가 LA로 출장을 왔는데 대표님께 소개해 드리고 싶습니다."

"예, 그렇게 하십시오. 그럼 저녁때 뵙겠습니다."

나는 피터 싱어와 헤어진 후 김만철과 함께 호텔로 돌아왔다.

마이클 조던과의 계약과 관련된 세부적인 상황을 검토했다.

조던의 에이전트인 데이비드 포크가 계약과 관련된 서류를 보내왔다.

계약과 관련된 법률적인 검토를 마쳐야만 했다.

오전에 계약서류를 서울에 있는 주현노 변호사에게 보냈다.

아직 미국 내 변호사를 선임하지 못한 상태였다.

회사 고문변호사인 주현노가 아는 후배 중 국제변호사가 있었다.

우선 그를 통해서 계약에 문제 되는 부분이 없는지 확인을 해야 했다.

조던의 에이전트인 데이비드 포크와는 3일 뒤에 만나기로 했다.

*   *   *

대산그룹의 한 해를 마무리하는 송년회가 하얏트호텔에서 열렸다.

각 계열사의 사장과 임원의 가족이 함께하는 송년회에는

이사급 이상의 직책을 가진 인물들만 참석할 수 있었다.

또한 올 한 해 대산그룹에 크게 이바지한 사원도 특별히 참석할 수 있었다.

대산그룹 송년회에 참석한다는 것은 그룹 내에서 자신의 입지를 확보한 것은 물론 향후 그룹 내 핵심인물로 발돋움할 기회가 될 수 있었다.

넓은 송년회장에는 수백 명의 인물이 그룹 회장인 이대수를 기다리며 담소를 나누고 있었다.

서로 그룹 내 중요인물들에게 눈도장을 찍으며 신년에 있을 예정인 대산그룹 정기인사에 대한 정보를 알고 싶어 했다.

연회장 한쪽에서 그러한 모습을 바라보며 비릿한 조소를 보내는 인물이 있었다.

"저 영감들이 하루라도 빨리 물러나야 그룹이 더욱 새로워질 수 있을 텐데."

송년회장에서 이러한 말을 아무렇지 않게 입에 올리고 있는 인물은 이대수 회장의 아들인 이중호였다.

"하하하! 그래도 창업 공신들 아닙니까? 대산그룹을 위해서 모든 것을 희생한 분들입니다."

그에게 웃으면서 대답하는 인물은 필립스코리아를 맡고 있는 박명준이었다.

"창업 공신이기 때문에 능력이 안 돼도 자리를 차지하고 있는 것이지요. 그것도 아니었다면 뒷방에 눌러앉아 손주 재롱이나 보고 있을 것입니다. 더구나 잘 굴러가지도 않는 똥차들이 너무 앞을 막고 있으면 씽씽 내달릴 수 있는 차가 나아가질 못합니다."

이중호는 들고 있는 샴페인 잔을 입으로 가져가며 말했다.

"회장님은 아직 세대교체는 이른 감이 있다고 생각하고 계십시다."

답을 하는 박명준은 대산그룹 내에서 그룹의 후계자인 이중호와 가장 친분이 두터운 인물이었다.

박명준은 대산그룹 내에서 신세대를 대변하는 인물이었다.

그와 반대로 대산그룹 창업 멤버들은 구세대로 불리며 신세대 인물들과 그룹 내에서 보이지 않는 세력 다툼을 벌이고 있었다.

"후후! 익숙한 것이겠지요. 아버님께서 익숙한 것이 옆에 없으면 허전해지는 것을 느끼실 나이가 되신 것입니다."

"익숙한 것이 좋을 때도 있습니다. 그룹이 안정기에 들어서고 있는 지금은 말입니다."

박명준은 일부러 같은 생각을 지니고 있어도 이중호의

말에 동조하지 않고 반대되는 이야기를 했다.

향후 대명그룹을 물려받는 이중호에게 한쪽으로 쏠리거나 편협된 생각을 하지 않게 하기 위해서였다.

"안정이란 말은 위험한 때를 가리는 위장막이 될 수 있습니다. 그 안정이란 것이 꼭 보아야 하는 눈과 귀담아들어야할 귀를 가려 버리거든요. 저기 보십시오. 그룹 내에 많은 인물들이 저들처럼 안정을 바라고는 파벌을 만들려고 하지 않습니까?"

이중호의 말처럼 창업 공신 중의 하나인 부회장과 그와 친분이 두터운 사장들에게 고개를 숙이며 인사를 건네는 임직원들이 보였다.

대명그룹 내에 제일 큰 파벌을 이끌고 있는 것이 김덕현 부회장이었다.

그의 아들은 이미 대명그룹 중에서 큰 중심을 잡고 있는 대산건설의 과장 직책을 맡아 일하고 있었다.

이중호보다도 4살이 많았고 이름은 김상중이었다.

"후후! 저도 파벌을 만들고 있는 인물 중의 하나입니다. 대의명분을 위해서도 어쩔 수 없이 믿고 일을 맡길 인물이 필요하기 때문입니다. 맡겨진 일을 처리해 나갈 능력이 되는 인물이라면 마음에 들지 않아도 모른 척하고 데리고 가는 것이 대산이라는 큰 배를 이끄는 선장의 역할입니다."

박명준이 만드는 파벌의 대의명분은 이중호를 위해서였다.

그룹 내에 영향력이 적지 않은 김덕현 부회장은 이대수 회장이라면 열을 제쳐놓고서라도 나서지만, 그의 아들인 이중호에게는 아니었다.

이대수 회장의 첫째 아들이 3년 전 미국 유학 중에 갑작스러운 교통사고로 사망했다.

그 첫째 아들을 김덕현 부회장은 자기 아들처럼 아끼고 좋아했었다.

하지만 둘째 아들인 이중호에게는 무엇 때문인지는 모르지만 첫째 아들과 같은 애정을 보이지 않았다.

대산그룹의 이대수 회장은 자신의 오른팔로 여기는 김덕현 부회장의 말을 귀담아들었고 자주 독대를 하며 대산그룹이 나아갈 방향과 중요 의사를 결정했다.

그러한 역할을 박명준이 지금 이중호에게 하고 있었다.

그때였다.

기다리던 대산그룹의 이대수 회장이 정민당의 한종태 사무총장과 함께 연회실로 들어오고 있었다.

그리고 또 한 사람이 그의 옆에 동행하고 있었다.

그 모습이 마치 무릉도원에서 막 떠나온 신선처럼 보였다.

연회장에 모인 모든 사람의 시선은 백색 도포에 멋진 수염을 기른 도인에게 쏠렸다.

그 누가 보더라도 이대수 회장과 함께한 노인은 평범한 인물이 아니었다.

관운장을 연상케 하는 흰 수염과 흰 눈썹, 거기에 갓난아이처럼 투명한 눈빛을 뿜어내는 노인에게 이대수 회장은 앞에 마련되어 있는 자리의 상석을 내주었다.

자리를 함께한 정민당의 한종태 사무총장도 노인에게 극진한 모습을 보였다.

연회실의 가장 앞쪽에 마련된 자리에 김덕현 부회장까지 자리하자 송년회가 시작되었다.

한 해 동안 대산그룹이 이루어낸 업적에 대한 브리핑과 함께 대산그룹에 크게 이바지한 인물들에게 수여하는 올해의 대산인에 대한 시상식이 치러졌다.

그중 한 명이 필리스코리아를 맡고 있는 박명준 사장이었다.

올해 무선호출기 판매에 있어 처음으로 필리스코리아가 모토로라와 삼성전자에 이어 3위에 올라섰다.

불모지와 같은 통신시장에 참여한 지 2년 만에 이루어낸 결과였다.

박명준은 맡겨진 일에 실패를 모르는 인물이었고 대산그룹 내에서는 신화적인 인물이었다.

"축하드립니다. 올해도 받으셨네요."

축하의 말을 던지는 이중호는 자기 일처럼 좋아했다.

"운이 좋았습니다. 회장님께서 특별히 신경을 써주신 것 같습니다."

겸연쩍은 웃음을 지으며 말하는 박명준의 표정은 밝았다.

올해의 대산인에 선정되는 인물은 그룹 내에서 최우선으로 승진 대상이었다.

박명준 외에도 4명의 인물이 대산인에 선정되었다.

"한데 천산 어르신이 정말 오랜만에 자리를 함께하신 것 같습니다."

박명준은 앞쪽 테이블에서 이야기를 나누고 있는 도인을 보며 말했다.

천산이라 불린 도인은 다름 아닌 흑천을 이끌고 있는 대종사(大宗師)였다.

나이를 가늠하기 힘든 인물로 천산의 정확한 나이를 알고 있는 인물은 흑천 내에서도 없었다.

외부에 알려진 것이라고는 성통공완(性通功完:진정한 도(道)를 통(通)하여 깨달음이 이루어짐)를 이루어낸 인물이라는 것이

전부였다.

천산이라는 이름 또한 그룹 내에서 이대수 회장의 최측
근들만 알고 있었다.

들리는 말로는 천산은 하늘의 천기를 읽을 뿐만 아니라
관상에도 능통해서 대산그룹의 중요인사가 있을 시, 그룹
에 해가 되는 인물과 득이 되는 인물을 구별해 주었다고 한
다.

하지만 그러한 사실을 입증해 준 사람은 없었다.

대산구룹의 후계자인 이중호조차 천산을 바로 대면한 적
이 없었다.

천산이 그의 형인 이중철을 미국으로 보내지 말라는 조
언을 했었다는 말을 우연히 취중에 있었던 아버지인 이대
수에게 들었었다.

첫째 아들의 죽음 이후 이대수는 천산을 진심으로 따랐
다.

대산그룹의 고문과 같은 역할을 하는 천산을 직접 만날
수 있는 인물은 극히 제한적이었고 공식적인 자리에도 잘
참석하지 않았다.

지금까지 천산은 대산그룹의 공식적인 행사에 단 두 번
만 모습을 드러내었다.

오늘이 그 두 번째였다.

"그렇게 말입니다. 저도 오늘 자리에 함께하신다는 말을 듣지 못했습니다. 2년 전에 뵙고는 오늘이 처음인데 얼굴이 전혀 늙지 않으셨습니다."

천산의 나이를 가늠할 수 있는 백색의 머리카락과 눈가의 잔주름 외에는 얼굴 피부가 십 대처럼 고왔다.

그러한 모습을 보면 깊은 수행의 흔적이 얼굴에 고스란히 드러났다.

천산은 평범한 인물이 아니었다.

그를 만나고 싶어 하는 기업인과 정치인은 많았지만, 그가 원하지 않으면 절대 만날 수 없었다.

모든 것은 천산의 의중에 달려 있었다.

"저도 한번 뵙고 싶은데 쉽게 기회가 오지 않습니다."

"언젠간 기회가 있을 것입니다. 저 또한 직접 적으로 뵌 적이 없습니다."

그때였다.

이대수 회장 옆에서 시중을 들던 비서가 이중호가 있는 자리로 왔다.

"회장님께서 오라고 하십니다."

뜻밖의 부름이었다.

늘 대산그룹의 행사에 참석해도 이대수가 이중호를 부른 적이 없었다.

이중호는 긴장된 표정으로 이대수가 있는 자리로 갔다.

그 자리는 이대수만 있는 것이 아니었다.

차세대 지도자로 불리며 대중에게 많은 인기를 얻고 한종태 사무총장과 그런 인물에게서 선생님이라 불리는 천산이 자리하고 있었다.

이중호가 자리로 오자 이대수는 빈자리에 앉으라는 손짓을 했다.

마치 그 손짓이 천산의 이야기를 경청해서 잘 들으라는 말로 들렸다.

이중호가 자리 앉은 것을 아는지 모르는지 테이블에 앉아 있는 사람들은 하고 있던 이야기를 계속했다.

"대중보다 각별하게 뛰어난 인간이나 혹은 그럴 법하게 보이는 인물을 따르기만 하면 나라는 저절로 정돈되는 법입니다. 그릇된 평등을 추구하는 나라들이 어떤 말로를 맞이했는지 역사가 말해주고 있습니다. 아직도 낡은 꿈에서 깨어나지 못하는 사람이 이 나라에는 많습니다."

한종태 사무총장의 말이었다.

"이상적인 지도자가 될 수 있는 인간을 찾기가 쉽지 않습니다. 아니, 어쩌면 어디에도 존재하지 않거나 찾아도 찾을 수 없는 존재일 수도 있겠지요. 그러나 대중은 그러한 인물을 추구하고 원하고 있습니다. 그게 대중들의 본능적인 욕

구이자 욕망입니다. 결국 자신들이 할 수 없는 일을 할 수 있는 초인을 원하는 것이지요."

천산이 자신의 수염을 매만지며 한종태의 말에 답하였다.

"선생님의 말씀이 맞습니다. 많은 지도자가 국민을 섬긴다는 말을 하지만 결국 지도자란 대중들의 섬김을 받음으로써 힘을 발휘합니다. 거기에 주변 인물들이 부추기고 추켜세움을 통해서 어느 사이엔가 어두운 길을 비추는 빛을 발하게 되는 일을 하게 되지요."

한종태 사무총장은 자신의 정치적인 견해를 서슴없이 말하고 있었다.

"빛이란 결국 어둠이 없다면 존재하지 않는 것입니다. 요즘 지도자라 칭하는 인물들은 이상적인 세상을 만들기 위해 어둠을 모두 몰아내려고 하지만 그건 어둠을 더욱 키우고 강하게 만드는 일입니다. 어둠은 몰아내기보다는 어둠이 존재할 작은 공간을 만들어주어 그곳에 머물게 해야 합니다. 빛이 언제나 어둠을 통제할 수 있을 정도의 공간에 말입니다. 이건 빛을 가장한 어둠을 통제할 때에도 통용되는 이야기지요."

천산의 말을 듣는 사람들은 모두 고개를 끄떡이며 그의 말에 동조하는 표정이었다.

그가 말하는 빛과 어둠의 관계는 진실과 진리를 따르는 사람들을 그릇된 사상과 잘못된 의견으로 몰아 통제하는 방편이자 수단이 될 수 있었다.

하지만 천산은 교묘한 미사여구로 그 의미를 감추었다.

흑천이 대한민국을 장악하기 위한 치밀한 전략 중의 하나였다.

대다수의 대중은 단순히 자신이 가지고 있는 이상과 생각을 정의라 칭하고 빛에 가깝다고 여겼다.

하지만 그들에게 정의라고 생각하게끔 한 교육과 사상이 누구에게서 왔으며 어떤 식으로 그 생각이 표출되고 반응하는지에 대한 것까지 통제되고 조절하고 있는지에 대해 알지 못했다.

어차피 실제 눈으로 보이는 무대 위에서 활동하는 정치인이나 언론인을 움직이는 것은 그 뒤편에 존재하는 전문가들이었다.

천산이 이끄는 흑천의 무서움은 이미 정치, 언론, 경제, 고위 공무원까지 영향력을 미친다는 것이다.

흑천의 인물들이 모두 무공에만 능숙한 것이 아니었다.

그들은 치밀하게 대한민국을 손아귀에 넣기 위해서 근골이 뛰어난 인물에게는 무공을, 머리를 타고난 인물에게는 학문을 가르쳤다.

흑천의 철저한 가르침 아래에서 배운 인물들은 정부에서 시행하는 각종 시험을 통해서 검찰과 법원, 그리고 경찰은 물론 고위 공무원에도 상당수가 진출해 있었다.

자리를 잡은 흑천의 인물들은 유기적으로 서로를 이끌어 주었고 하나의 목표와 목적을 위해서 달려갔다.

"선생님의 말씀을 들으면 막혔던 부분이 확 뚫리는 느낌이 듭니다. 자주 좀 올라오셔서 고견을 말씀해 주십시오."

"하하하! 고견이란 말은 어울리지 않습니다. 인간의 역사란 단지 배고픔에서 벗어나 주리지 않고 사는 방법을 이리저리 궁리하는 것에서 시작되었으니까요. 굶주림 앞에서는 모든 것이 허상일 뿐입니다. 그래서 여기 계신 이대수 회장님의 역할이 큰 것이지요."

"하하하! 그렇게 되는 것입니까? 선생님에게서 칭찬을 다 들어봅니다. 하하하!"

이대수는 천산의 말에 목젖이 보일 정도로 크게 웃었다.

그와 함께 테이블에 있는 사람들이 모든 사람이 함께 웃음을 토해냈다.

그때 천산이 긴 수염을 만지며 이중호를 보며 입을 열었다.

"후후! 너를 보니 봄날에 울리는 천둥소리가 같구나. 단지 크나큰 천둥소리만으로는 대지를 격동시킬 수 없느니

라. 그에 뒤따르는 비바람을 함께 대동해야만 대지를 뚫고 올라오는 봄날의 격정을 누를 수 있느니라. 그 격정을 다스리지 않고 흐르게 하지 않는다면 얼마 가지 못하여 자신을 망가지게 할 것이다."

천산의 말에 이중호의 눈이 놀란 사슴처럼 커졌다.

자신이 가지고 있는 생각을 천산이 꿰뚫어 보고 있었다.

대산그룹의 이대수 회장 바로 자신의 아버지에게 이중호는 죽은 형처럼 인정받고 싶어 했다.

더 나아가 자신을 무시하는 듯한 모습을 보이는 그룹 임원들에게도.

"제 아들을 좋게 봐주셔서 감사합니다. 뭐 하고 있느냐? 선생님께 고맙다는 말을 하지 않고."

천산은 함부로 남을 평가하지 않았다.

이중호가 적어도 보통 인물이 아니었기에 나온 말이었다.

이대수의 말에 이중호는 충격을 받은 표정을 애써 감춘 상태에서 일어나 정중히 인사를 건넸다.

"못난 생각을 바로잡아 주셔서 감사합니다."

"하하하! 아니야, 전혀 못나지 않았어. 앞으로 이대수 회장님을 도와 많은 일을 할 것이야."

천산의 말은 누구보다 이중호에게 힘이 되었다.

이렇게 공개적인 자리에서 이대수가 진심으로 존경하고 따르는 인물이 자신을 칭찬한 것이다.

그러한 말을 듣고 있는 이대수 회장 또한 흐뭇한 미소를 짓고 있었다.

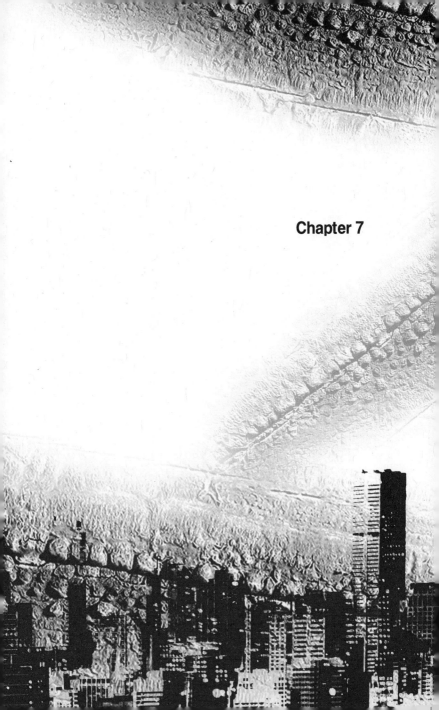

Chapter 7

　피터 싱어와의 저녁 약속에 참석한 나는 놀랍게도 눈앞에서 퀄컴을 이끌고 있는 어윈 제이콥스 보게 되었다.

　제이콥스가 피터 싱어보다 두 살이 많았지만 두 사람은 친구로 지내오고 있었다.

　제이콥스는 퀄컴의 투자 유치를 위해 로스앤젤레스를 방문했다.

　퀄컴은 현재 CDMA의 중계 장비를 생산하는 제조 공장을 세우는 중이었다.

　아직 CDMA가 상용화가 진행되지 않은 상황에서 퀄컴은 공격적인 투자를 진행하고 있었다.

하지만 1990년대 초반 군사통신 기술을 응용해 CDMA라는 원천기술을 개발했지만, 이미 통용되던 GSM 기술에 밀려 미국에서조차 표준화하는 데 실패했다.

자금 부분에서 압박을 받고 있는 퀄컴은 새로운 투자자를 찾고 있었다.

1992년 당시 한국 체신부가 이동통신 표준기술을 CDMA 방식으로 표준화하겠다고 결정하기 전까지 위기의 시간을 보내야만 했다.

"여기는 나와 20년 지기인 어윈 제이콥스이고 이쪽은 한국에서 온 강태수 사장이라네."

피터 싱어는 제이콥스와 나를 번갈아 소개하며 인사를 시켰다.

"만나서 반갑소이다. 상당히 젊은 CEO이신 것 같습니다."

어윈 제이콥스는 오른손을 내밀며 악수를 청했다. 한데 그의 표정이 그리 밝지 않았다.

"예, 강태수라고 합니다."

인연이란 정말 놀랍고 우스웠다.

어떻게 하면 어윈 제이콥스를 만날 수 있을까 생각했었다.

생각했던 일들이 너무 잘 풀리자 지금 꿈을 꾸고 있는 것이 아닐까 하는 생각마저 들었다.

식사를 하기 위해 자리에 앉자 피터 싱어가 농담 섞인 말을 뱉었다.

"이 친구가 하는 사업이 요새 어려움에 부닥쳐서 나에게 돈을 받아내려고 이곳에 왔습니다. 나처럼 이미 만들어진 물건을 팔면 좋을 텐데 말이야."

"회사가 어려운 것은 농담이 아니라고 이 친구야. 지금 1달러도 아쉬운 판이라고 어서 돈 많은 친구 좀 소개를 해 줘 봐."

농담 반 진담 반으로 이야기하는 어윈 제이콥스였다.

지금 이때가 퀄컴에 있어 가장 힘든 시기였다.

"그럼 제가 투자하면 어떻겠습니까?"

은행 빚을 내어서라도 퀄컴에 돈을 투자할 기회였다.

예상치도 못한 말이었는지 두 사람은 나의 말에 상반된 표정으로 놀라움을 보이고 있었다.

마이클 조던과의 계약에도 돈이 부족한 것을 알고 있는 피터 싱어는 잘못 들어나 하는 표정이고, 어윈 제이콥스는 내 말을 신뢰하지 못하는 모습이었다.

"하하하! 저야 투자를 하신다면 마다하지는 않습니다. 하지만 일이십만 달러로는 힘듭니다."

어윈 제이콥스가 농담하듯이 웃으면서 말했다.

피터 싱어와 거래는 하고 있지만 퀄컴에 투자할 정도의 회사를 운영하는 인물로는 보지 않는 것 같았다.

피터 싱어는 다양한 값싼 제품을 아시아나 유럽에서 수입해서 자신이 소유하고 있는 판매장이나 도매점에 통해서 팔고 있었다.

그 때문에도 날 그렇게 판단할 수 있었다.

"예, 저도 알고 있습니다. 제가 소유하고 있는 회사 중에 블루오션이라는 통신기기를 제조하는 회사가 있습니다. 현재 한국에서 무선호출기와 전화기를 생산하여 판매하고 있습니다."

피터 싱어가 한국을 방문했을 때 블루오션에 관한 이야기를 하지 않았었다.

"오! 그렇습니까? 그럼 저희 회사에 대해서도 알고 계실 것 같네요."

어윈 제이콥스가 내 말에 조금 전과 다른 모습으로 말했다.

"하하하! 강 대표님은 정말 대단하십니다. 도대체 운영하고 계신 회사가 몇 개나 되시는 것입니까?"

피터 싱어 또한 내 말에 표정이 바뀌었다.

그가 알고 있는 회사는 운동화를 생산하는 닉스뿐이었다.

"생각하시는 것만큼 큰 회사는 아닙니다. 하지만 앞으로 발전 가능성이 아주 큰 회사입니다. 어느 정도 금액이 필요하신지 알려주시면 투자 금액을 검토해 보겠습니다."

나는 피터 싱어의 질문에 구체적인 이야기를 꺼내지 않았다.

블루오션은 아직 이들에게 자랑할 만한 규모의 회사는 아니었다.

"조만간 마이클 조던과 여기 계신 강 대표님의 회사인 닉스와 광고 계약을 할 것이네. 다른 곳에서 투자자를 찾는 것보다 어쩌면 더 나을 수도 있을 것 같은데."

피터 싱어가 마이클 조던의 이야기를 꺼내자 어윈 제이콥스의 표정이 확 달라졌다.

마이클 조던과의 광고 계약은 미국에서 잘나가는 회사들만 할 수 있었다.

거액의 계약 금액도 문제였지만 마이클 조던은 자신의 이미지와 맞지 않는 광고는 절대 출연하지 않았다.

"하하하! 제가 보이는 모습만으로 강 대표님을 잘못 판단하고 있었습니다. 정말 죄송하다는 말을 드려야겠습니다. 단도직입적으로 말씀드리면 현재 최소 8백만 달러가 당장 필요합니다."

적은 금액은 아니다.

블루오션은 사실 퀄컴에 투자할 형편이 아니었다.

재즈—1을 통해서 상당한 매출을 올리고 있었지만, 수익으로 이어지는 금액은 다시금 재즈—2 연구 개발에 투자되고 있었다.

퀄컴에 투자하려면 순순하게 내가 가지고 있는 자금으로 투자를 진행해야만 했다.

현재 운영 중인 회사들의 여유 자금은 도시락의 모스크바 현지 공장에 투자되었다.

당장 마이클 조던과의 계약에 필요한 자금도 마련해야만 하는 상황이었다.

"한 가지 부탁이 있습니다. 만약 저희 회사가 투자를 진행한다면 퀄컴에서 가지고 있는 특허를 무상으로 상용할 수 있게 해주십시오."

나는 내가 생각하고 있던 이야기를 꺼냈다.

"무슨 특허를 말씀하시는 것입니까?"

퀄컴은 가지고 있는 특허 건수는 현재 오백여 건에 달했다.

퀄컴은 해마다 특허가 늘어나 2000년 중반에는 천여 건이 넘는 특허를 갖게 되었고, 캘리포니아주 샌디에이고에 자리 잡은 퀄컴 본사에 1,000여 장의 특허증서가 진열된 '특허의 벽'를 만들어놓았다.

푸른빛을 띤 이 벽은 기술 혁신을 추구하는 퀄컴의 진취적 분위기를 상징하는 상징물로 유명했다.

"획득하신 CDMA의 특허들과 앞으로 소유하게 되는 특허들까지 말입니다."

"하하하! 욕심이 과하시네요. 그 특허들은 우리 회사를 대변하는 지식재산권입니다."

"CDMA는 아직 상용화되지 않은 기술입니다. 언제 사용될지도 모르는 기술이지 않습니까?"

"그렇지 않습니다. 이미 올해 11월 상용화와 관련된 테스트에 성공했습니다."

어윈 제이콥스는 고개를 가로저으며 말했다.

"개인과 개인과의 통화를 한 부분적인 테스트일 뿐이지 대규모의 이용자를 대상으로 하는 테스트가 아닌 걸로 알고 있습니다. CDMA는 앞으로 갈 길이 먼 걸로 알고 있습니다. 보완돼야 할 부분도 많고요."

그는 나의 대답에 의외는 표정을 지었다.

"하하하! 정말 많이 알고 계십니다. 사실 지금 당장 상용화가 이루어지기는 힘든 부분이 있습니다. 하지만 1~2년의 시간이면 충분합니다."

어윈 제이콥스의 말처럼 1~2년이 아닌 5년이 지난 후인 1996년 SK텔레콤(SKT)이 세계 최초로 CDMA 이동통신을 상용화했다.

한국에서 상용화가 성공하지 못했다면 퀄컴이란 회사는 존재하지 못했다.

"미국에서조차 GSM에 밀려 표준화에 어려움을 겪고 있는 것을 알고 있습니다. 이러한 사실은 웬만한 투자자라면 다 알고 있는 사실입니다. 뚜렷한 실적이 나오지 않는 상황에서 퀄컴에 선뜻 투자하려는 투자자나 투자 회사는 없을 것입니다."

내 말처럼 퀄컴의 기술력은 인정하였지만 기술력에 따른 결과물이 현재 나오지 않고 있었다.

퀄컴이 미국 국방성과 함께 진행하는 프로젝트에서만 이익이 나왔다.

현재 퀄컴은 자금경색으로 투자가 급하게 필요했지만 좀처럼 투자를 하겠다고 나서는 곳이 없었다.

"강 대표님이 제 생각보다 퀄컴에 대해 많은 것을 알고 계신 것 같습니다. 좋습니다. 그렇게 해드릴 수 있습니다. 대신 투자 금액을 1천 2백만 달러로 해주십시오."

'1천 2백만 달러… 돈이 문제구나. 나중에 핸드폰을 만들더라도 퀄컴에 로얄티(기술특허사용료)가 나가지 않게

된다면… 하지만 그걸로는 뭔가 부족한데…….'

어윈 제이콥스는 썩은 동아줄이라도 잡고 싶은 상황이었다.

1992년 한국 체신부가 이동통신 표준기술을 CDMA 방식으로 표준화겠다고 발표에 발맞춰 어윈 제이콥스는 한국을 방문하여 퀄컴에 대한 투자를 한국 정부에 요청했었다.

그때 한국 정부가 그 기회를 살렸다면 퀄컴의 통해 얻어지는 이익이 극대화되었을 것이다.

한편으로 삼성과 현대에서 퀄컴에 대해 인수타진을 했었다는 이야기가 있었지만, 오랜 기간 미국국방성과 프로젝트를 진행한 퀄컴은 국가 기밀을 간직한 기업이라 국부 유출을 우려해 미국에서 승인이 이루어지지 않았다.

퀄컴은 군사통신 기술을 응용해 CDMA라는 원천기술을 개발한 것이다.

"2천만 달러를 투자하겠습니다. 대신 한국에서 사용하는 퀄컴의 로얄티를 블루오션에서 가져가겠습니다."

내 말에 어윈 제이콥스의 표정이 미묘하게 바뀌었다.

개인 회사에서 아직 상용화도 되지 않은 기술을 보고 선뜻 2천만 달러를 투자한다는 것은 크나큰 모험이었다.

더욱이 상용화가 불투명한 상태에서 CDMA로 인해 한국 업체들에서 앞으로 얼마나 기술특허사용료가 나올지도 모르는 일이었다.

아직 퀄컴이 한국과 진행되고 있는 일은 구체적으로 없었다.

한국에서 들려오는 소식은 GMS와 CDMA의 표준방식을 두고서 업계와 학계가 이해관계가 얽혀 팽팽하게 줄다리기를 한다는 정도일 뿐이었다.

퀄컴에 있어서 2천만 달러는 내년에 추진하는 프로젝트를 충분히 끌고 나갈 수 있는 금액이었다.

퀄검은 현재 새로운 투자가 이루어지지 않은 상태로 3~4개월 지속된다면 자칫 부도로 이어질 수도 있는 힘든 상황이었다.

현재 퀄컴은 CDMA 기술의 빠른 확산을 위해서 직접 휴대전화와 네트워크 설비 제조에 뛰어들었지만, 그것이 자금압박으로 이어졌다.

아직 완공되지 않은 제조시설에도 지속해서 자금이 투입되어야만 했다.

어쩌면 이번 기회가 퀄컴의 어윈 제이콥스와 유리한 협상을 할 수 있는 절호의 기회였다.

"하하하! 정말 거부할 수 없는 제안을 하시는군요. 하지만 이 제의는 제 단독으로 결정하기는 힘이 듭니다. 우선 저희 경영진과 회의를 거쳐야만 할 것 같습니다."

어윈 제이콥스는 거절의 의사를 내비치지 않았다.

아마도 LA에서 투자자가 나오지 않으면 내가 제시한 제한을 포기하지는 않을 것이라는 생각이 들었다.

퀄컴의 CDMA의 상용화가 성공한다는 것은 세상에서 오로지 나만 알고 있는 일이다.

"이거 식사도 시키기 전에 많은 이야기가 오가니 더 배가 고파지는데. 이제 좀 맛있는 것 좀 먹으면서 이야기합시다."

피터 싱어는 한동안 우리 두 사람의 이야기를 경청하고 있었다.

자신이 알고 있는 분야도 아니었다. 하지만 이를 통해서 자신이 생각했던 것보다 나의 사업적인 마인드와 능력이 훨씬 크다는 것을 알게 된 것이다.

"하하하! 그러게 말이야. 오늘 저녁은 한국에서 오신 투자자님을 위해서 내가 사겠네."

어윈 제이콥스는 흡족한 웃음을 지으며 말했다.

생각지도 못한 투자 제의를 오늘 이 자리에서 받은 것이다.

그가 원했던 투자 금액으로 말이다.

우리는 저녁 식사 내내 화기애애한 분위기로 식사를 할 수 있었다.

                    *   *   *

　호텔로 돌아와서는 퀄컴의 투자 자금과 마이클 조던과의 계약금을 조달할 방법을 구상했다.

　만약 계약이 이루어진다면 총 3천 2백만 달러가 필요했다.

　더구나 조던과의 계약에 있어서도 조던의 이름으로 만든 신발에 대한 로얄티를 제공하지 않을 계획이다.

　대신 조던이 요구한 계약 금액보다 더 올려줄 생각이다.

　그것이 장기적으로 닉스에는 큰 이익으로 돌아올 것이다.

　그러려면 추가로 몇백만 달러는 더 필요할 수 있었다.

　지금 당장 수백억의 자금을 마련할 수 있는 방법은 두 가지밖에 없었다.

　하나는 은행에 빌리는 방법과 러시아에 보관 중인 금괴를 처분하는 방법뿐이었다.

　블루오션과 명성전자의 주거래 은행은 기업은행이었다.

　문제는 블루오션의 이름으로 돈을 빌리는 것은 한계가 있다는 것이다.

　명성전자 또한 아직은 수백억 원을 빌릴 수 있는 위치가 아니었다.

나머지 회사들도 마찬가지였다.

결론은 하나였다.

러시아의 금괴를 처분하는 것이 지금으로서는 최고의 방법이었다.

문제는 대규모의 금괴를 처분할 대상이었다.

섣불리 많은 양의 금괴를 처분하기 위해 움직였다가는 러시아 전역에서 태동하고 있는 마피아나 부패한 정부관료의 눈에 띌 수 있었다.

더구나 아직 금괴에 포함된 불순물을 제거하는 작업을 진행하지 못했다.

"후! 기회를 잡았는데 문제는 돈이구나."

"뭐가 그리 걱정이십니까?"

한숨을 내쉬는 내 모습을 본 김만철이 물었다.

"블루오션과 닉스가 크게 도약할 수 있는 기회를 잡았는데, 문제가 되는 부분이 있어서 그렇습니다."

"무슨 큰 문제라도 있는 것입니까?"

"예, 가장 큰 문제라고 할 수 있는 돈이 부족하네요."

"아니! 러시아에 엄청난 금괴가 있고 한국에도 충분한 금괴를 발견했는데, 돈이 없으시다니요?"

김만철은 의아한 표정으로 물었다. 그가 아는 한 난 보통

부자가 아니었다.

"물론 있지요. 문제는 수백억을 현금화시켜야 하는 문제입니다. 당장 수백억 원어치의 금괴가 러시아나 한국에 풀린다면 당국의 눈에 띌 수 있습니다. 더구나 한국은 하루에 유통되는 금괴가 한정되어 있어서 더욱 문제가 될 수 있습니다."

"그럼 러시아의 금괴를 처분하시죠."

"저도 그러고 싶은데, 저와 김 과장님이 당장 러시아로 들어갈 수도 없는 상황이니까요. 더구나 믿을 수 있는 판매처를 구하기도 쉽지 않습니다. 잘못했다가는 러시아 정부는 물론이고 러시아 전역에서 세력을 넓히고 있는 마피아의 눈에 띌 수 있습니다. 그들은 돈이 되는 거라면 물불을 가리지 않고 달려드는 존재입니다."

내 말에 김만철은 뭔가를 생각하는 표정이었다.

"음, 마피아라. 그럼 아예 마피아에게 금괴를 넘기시죠. 소냐의 아버지인 블리노브치 씨가 있잖습니까?"

"아! 그걸 미처 잊고 있었네요."

김만철의 말은 어두운 터널에 순간 밝은 빛이 비치는 기분이었다.

블리노브치는 현재 모스크바까지 세력을 넓히고 있었다.

그의 근거지인 블라디보스토크를 기반으로 한 블리노브

치의 영향력은 극동지역에서는 절대적이었다.

블리노브치라면 수천만 달러에 달하는 금괴를 충분히 처분할 수 있는 능력을 갖추고 있었다.

Chapter 8

자금 문제를 해결하기 위해서 김만철이 먼저 러시아로 갔다.

대량의 금괴를 처리하기 위해서는 사전 작업이 필요했다.

미국에서의 업무는 충분히 나 혼자 처리할 수 있었다.

나 또한 미국에서의 일을 마치면 러시아로 향할 생각이다.

김만철을 러시아로 떠나보낸 후에 나는 마이클 조던과의 계약을 위해 LA 중심가에 있는 변호사 사무실로 향했다.

피터 싱어가 소개해 준 변호사로 한국인 아버지와 독일인 어머니를 두었고, 이름은 루이스 정이었다.

하버드 법대를 나온 재원으로 미국과 다른 나라 간의 계약을 전문적으로 다루는 국제계약 전문변호사였다.

그녀는 한국뿐만 아니라 러시아에도 변호사자격증을 취득한 인재였다.

루이스 정은 세계 최대 로펌 중의 하나인 베이커앤맥켄지(Baker & McKenzie)에 근무 중이었다.

1947년 시카고에서 개업한 베이커앤맥켄지는 미국 시카고에 본사를 둔 다국적 미국계 로펌이다.

현재 변호사 수만 1,500여 명에 달하며 미국의 주요 도시뿐만 아니라, 전 세계 주요 나라마다 진출해 있으며 개설된 사무실만 40여 개에 달했다.

베이커앤맥켄지는 LA 중심가에도 사무실이 있었고, 20층 건물 중 7~8층을 사용 중이었다.

20대 후반인 루이스 정의 변호사 사무실은 7층에 자리했다.

널찍한 사무실에서 날 반겨준 그녀의 첫마디는 놀라움과 호기심을 담은 질문이었다.

"정말 마이클 조던과 계약하시는 분이 맞으세요?"

미국에서 태어난 그녀였지만 한국말을 능숙하게 했다.

루이스 정은 나를 중년의 CEO로 생각하고 있었다.

"예, 맞습니다."

"실례지만 나이를 여쭤 봐도 될까요?"

호기심이 가득한 표정인 루이스 정은 나이보다 서너 살은 젊어 보였다.

"올해 스무 살입니다."

"네?! 정말 스무 살이라고요?"

놀란 모습의 루이스 정은 내 나이를 좀 더 많이 본 것 같았다.

"제가 나이보다 좀 늙어 보이긴 합니다."

"믿어지지가 않아요. 제가 그 나이 때에는 대학에서 죽어라 공부를 하고 있었거든요. 정말 대단하시네요."

루이스 정은 말을 하는 도중에도 나를 유심히 살피듯 바라보았다.

그녀의 통통한 볼 살처럼 루이스 정은 큰 키에 상당한 볼륨감을 갖춘 글래머였다.

아마도 독일인 어머니를 두어서 그런 것이 아닐까 하는 생각이 들었다.

"제가 천운을 타고나서 그런 것 같습니다. 계약에는 문제가 없겠습니까? 한국 쪽에서는 문제가 될 게 없다고 전해왔습니다."

마이클 조던과 닉스와의 계약에 있어 한국 법률에는 문제가 없었다.

"계약은 특별한 상황은 없었습니다. 이곳에서 통상적으로 광고 계약을 진행할 때에 들어가는 조항뿐입니다. 강 사장님이라고 불러야 하네요? 아니면 따로 불리시는 호칭이 있으십니까?"

그녀는 내 이름과 함께 내가 닉스의 CEO라는 사실도 이미 피터 싱어에게 들어서 알고 있었다.

"저는 그냥 강 대표라고 불리는 걸 좋아합니다."

"그럼 강 대표님이 이 계약에서 추가로 넣고 싶은 조항이 있으신가요?"

루이스 정은 사전에 전달된 서류 검토를 모두 끝낸 상태였다.

"조던의 이름을 딴 신발의 판매에 따른 인센티브 조항을 삭제하고 싶습니다. 아직 구체적인 협상이 이루어지지 않았지만 계약 금액을 상향해서 주는 조건으로 해서 처리하려고 합니다."

"오히려 그러면 손해가 아닐까요? 조던의 이름으로 만든 신발이 많이 팔려 나가지 않을 수도 있는 상황에서 계약금을 더 올려준다는 것이 불리할 수도 있을 텐데요."

루이스 정은 에어조던 시리즈의 엄청난 인기를 알지 못

했다.

마이클 조던이 신고 경기에 임했던 닉스의 에어파워—X를 역사대로 이름을 에어조던으로 가져갈 생각이었다.

어감상으로도 에어조던이 듣기에도 더 좋고 익숙했다.

"아닙니다. 앞으로 판매는 꾸준히 늘어날 가능성이 충분합니다. 회사 차원에서 보면 몇백만 달러를 더 주더라도 인센티브 조항이 없는 쪽이 유리합니다."

마이클 조던은 원래 나이키와 계약에서 에어조던의 신발이 팔려 나갈 때마다 이익금의 5%를 인센티브로 받았다.

농구를 은퇴했어도 조던은 그 인센티브만으로 매년 수천만 달러를 벌어들였다.

"알겠습니다. 이 조항은 삭제해서 마이클 조던 측 변호사에게 보내겠습니다. 그쪽 관계자하고는 오늘 만나기로 하셨다고요?"

"예, 오늘 저녁에 조던의 에이전트인 데이비드 포크를 만나기로 했습니다."

"그럼 시간상으로 바뀐 계약서는 데이비드 포크에게 전달될 수 있겠네요. 말씀하신 대로 협상이 이루어지시면 계약서는 변동되는 것이 없을 것입니다."

"추가적인 상황이 발생하면 말씀드리겠습니다."

"예, 알려주시면 바로 조치할 수 있게 해드리겠습니다."

루리스 정은 계약서를 집어 들며 말했다. 그녀의 일 처리는 빠르고 능숙했다.

한국어와 영어는 물론이고, 독일어와 러시아어도 구사할 수 있는 루리스 정의 재능이 탐이 났다.

미국에서의 본격적인 사업을 진행하기 위해서는 전속 변호사는 필수였다.

"혹시 이곳을 떠나 새로운 일자리를 찾게 되면 어느 정도의 연봉을 원하십니까?"

"전 이곳을 떠날 생각이 아직 없어요. 혹시 모르죠. 연봉을 두 배를 준다면 모를까."

루이스 정은 내 질문을 진지하게 받아들이지 않았다.

"예, 그럼 저는 가보겠습니다. 나중에 또 뵐 수 있으면 좋겠습니다."

"저도요. 마이클 조던과 계약을 성공적으로 마치시길 바라요. 저도 농구를 무척 좋아하거든요."

"예, 그럼."

루이스 정과 인사를 나눈 후 나는 곧장 베이커앤맥켄지를 나와 묵고 있는 호텔로 향했다.

그곳에서 마이클 조던의 에이전트인 데이비드 포크를 만나기로 했다.

                    *   *   *

   데이비드 포크는 약속한 시간에 정확하게 나타났다.

   그는 40대 초반으로 마이클 조던 말고도 NBA의 여러 선수의 에이전트를 맡고 있었다.

   "조던은 자신의 이름을 딴 신발 판매에 따른 인센티브를 원하고 있어요. 이것이 닉스와 계약을 하는 조건이기도 합니다."

   신발 판매에 따른 인센티브를 바라는 조던의 입장은 강경했다.

   "물론 조건이 그렇다면 할 수 없지만, 다른 회사들이 거부했던 조던의 이름을 건 신발 제작을 저희가 수용했습니다. 그리고 또한 저희 회사가 야심차게 만든 에어파워—X의 이름을 아예 에어조던으로 바꿀 생각입니다. LA 레이커스전에서 조던이 신고 뛰었던 신발이기도 하지요."

   나는 처음부터 계약금을 더 올려주는 패를 꺼내지 않았다.

   "물론 그 점을 조던이 좋게 생각하고 있습니다. 그래서 잘 알려지지도 않은 닉스와 계약을 하려고 하는 것이지요."

   "미국에는 낯선 브랜드지만 한국에서는 나이키는 물론이고 아디다스와 리복 등의 세계적인 신발 업체를 모두 제치고 가장 큰 인기를 끌고 있습니다. 이곳 미국에서도 충분히 인기를 끌 수 있는 신발입니다. 마이클 조던이 요구하는 계약금도 그대로 진행할 것입니다. 대신 전례가 없는 신발 판매 인센티브는 삭제하는 걸로 하시죠."

데이비드 포크는 내 말을 수용하려는 태도를 보이지 않았다.

"그 정도의 계약금은 지금 당장에라도 아디다스에서 받아낼 수 있습니다. 조던과의 계약을 원한다면 저희가 보낸 계약서에서 토씨 하나 빠져서는 안 됩니다."

그는 강경했고 물러설 기미가 없었다.

미국 내의 많은 회사와 광고 계약을 체결했던 인물이라서 그런지 협상의 주도권을 쉽게 빼앗기질 않았다.

"그럼 이러면 어떨까요. 저희가 대신 계약금을 백만 달러 더 올려드리겠습니다. 그러면 4년간 1천 3백만 달러가 되겠네요."

내 말에 데이비드 포크의 표정이 살짝 바뀌었다.

"조던의 상표가치가 그 정도로 낮지 않다고 봅니다. 인센티브 조항은 빼지 않는 게 좋겠습니다."

하지만 그는 변함이 없었다.

"좋습니다. 4년간 1천 5백만 달러로 하지요. 대신 저희가 조던의 이름을 붙여 계약 기간 내에 8개의 제품을 만들겠습니다. 그리고 조던이 경기에 신고 뛰는 신발은 최신의 기술을 적용시켜서 경기 중에 있어 최고를 모습을 보일 수 있도록 하겠습니다. 더구나 조던 이름이 들어간 신발이 얼마나 팔려 나갈지는 누구도 알지 못하지 않습니까?"

마이클 조던이 원래 요구한 계약금보다 3백만 달러를 더 불렀다.

은근히 매직 존슨이 나이키와 맺은 계약금에 신경을 썼었던 조던이었다.

1천 5백만 달러는 그의 자존심을 확실히 세워줄 수 있는 계약금이었다.

물론 조던이 인센티브를 포기한다면 닉스에게도 최상의 계약 조건이었다.

"음, 나쁘지 않은 조건이긴 한데, 조던이 받아들일지는 모르겠습니다."

그의 말투가 확실히 바뀌었다.

"조던은 모든 것을 데이비드 포크 씨에게 일임한 걸로 알고 있습니다. 이 제의는 저희가 할 수 있는 최상의 조건입니다. 받아들이지 않으신다면 원래 조건인 4년에 1천 2백만 달러로 하겠습니다. 물론 조던의 이름을 단 신발의 판매 인센티브를 지급하는 조건입니다. 그리고 인센티브 조건에 관해서도 세부적인 조율이 필요할 것입니다."

내 말에 데이비드 포크의 머릿속에서 계산기를 두드리는 소리가 들리는 것 같았다.

추가로 지급하는 3백만 달러는 시카고 불스에서 마이클 조던이 받는 1년 연봉에 가까웠다.

결코 적은 금액이 아니었다.

데이비드 포크는 한참을 고민한 후에 입을 열었다.

"좋습니다. 대신 4년 계약이 끝난 후에는 모든 조건을 다시 검토할 수 있는 조항을 넣도록 하지요."

데이비드 포크는 영리했다.

4년간 조던의 이름으로 만들어진 신발의 판매 이익을 살펴보겠다는 말이었다.

내가 제시한 3백만 달러보다 높은 금액이 나온다면 추후 계약에서 인센티브를 넣겠다는 조건이었다.

"그렇게 하시지요. 대신 저도 한 가지 조건을 넣겠습니다. 조던이 닉스와의 계약을 제대로 이행하지 않거나 피해를 주는 행위를 할 때에는 닉스에서 만들어지는 조던 시리즈를 추가 계약 없이 만들어낼 수 있는 조건입니다. 당연히 그에 대한 인센티브도 없습니다. 닉스가 받은 피해를 보상하는 차원에서 말입니다."

"하하하! 그럴 리는 절대 없습니다. 마이클 조던처럼 성실하고 스캔들이 없는 선수는 NBA에서는 찾기 힘들 것입니다."

데이비드 포크는 나의 말을 조던이 마약이나 불법도박범
죄에 연루된 경우를 생각한 것 같았다.

NBA는 물론 많은 프로선수가 이러한 경우로 선수 생활
을 마치는 경우가 허다했다.

하지만 나는 마이클 조던의 갑작스러운 은퇴를 생각하고
있었다.

그의 아버지 제임스 조던이 강도 살해된 이후 그는 1993년
10월 6일 은퇴를 발표하였다.

그리고 1994년 미국프로야구 시카고 화이트삭스의 마이
너리그에서 잠시 활동하기도 했다.

하지만 결국 1995년 3월, 조던은 은퇴 17개월 만에 시카
고 불스로 복귀하였다.

하지만 지금은 역사대로 흘러가지 않고 있었다.

아마도 은퇴 시기가 93년이 아닌 94년이 될 것 같았다.

그 기간에는 닉스와 계약이 되어 있는 상황이었다.

당연히 조던의 은퇴는 닉스에게 타격을 입힐 수 있는 상
황이었다.

"만약이란 게 있어서 하는 말입니다. 누구나 장담할 수
없으니까요."

"알겠습니다. 그렇게 하시지요."

데이비드 포크는 전혀 문제될 게 없다는 모습이었다.

그는 마이클 조던의 은퇴를 꿈에도 생각하지 못하고 있었다.

중요한 문제가 해결되자 계약은 양쪽 모두 만족한 선에 마칠 수 있었다.

나는 계약상의 변동을 루이스 정에게 전했고 그녀는 곧바로 수정된 계약서를 가지고 호텔로 직접 와주었다.

데이비드 포크의 변호사가 팩스로 박은 서류계약서를 확인한 후 곧장 계약서에 사인을 주고받았다.

조던과의 계약은 공식적으로 하루 뒤에 언론에 발표하기로 했다.

내일 계약금으로 우선 3백만 달러를 입금하기로 했다.

마이클 조던은 4년간 닉스의 광고 모델로 1천 5백만 달러에 광고 계약을 맺은 것이다.

내일부터 조던이 닉스의 에어파워—X를 신고 LA 레이커스 전에서 신고 뛰었던 사진을 사용할 수 있었다.

에어파워—X의 이름은 에어조던—I으로 변경하기로 한 상태였다.

피터 싱어에게 이 소식을 전해주자 그는 기쁨을 감추지 못했다.

3일 동안 그의 판매장에서 팔려 나간 닉스 신발은 10만

켤레가 넘었다.

이미 한국에서 1차로 보낸 신발과 기존의 재고가 모두 팔려 나갔다.

피터 싱어는 내가 머무는 호텔로 한걸음에 달려왔다.

닉스와의 독점권을 얻기 위해서였다.

마이클 조던이라는 날개를 달게 된 닉스는 분명 미국에서 성공할 것이 눈에 보였다.

내일 공식적인 발표가 진행되면 닉스에 대한 미국판매권을 원하는 사람이 벌 떼처럼 몰려들 것이다.

이미 마이클 조던의 경기를 통해서 에어조던—I를 접한 바이어들의 문의가 닉스 본사로 쇄도하고 있었다.

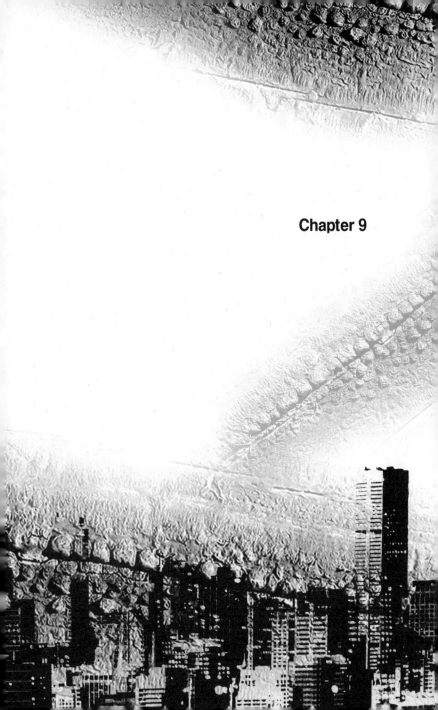

Chapter 9

　피터 싱어와의 독점권 계약은 미국 서부지역에 한해서
결정되었다.

　동부지역은 닉스가 직접 미국에 판매 회사를 설립하여
진출하는 걸로 마무리 지었다.

　미국 서부지역에 대한 독점권을 넘겨주는 조건으로 피터
싱어는 마이클 조던의 광고 계약에 5백만 달러를 내어놓았
다.

　피터 싱어는 닉스에게 지급한 5백만 달러가 서너 배 이상
으로 자신에게 돌아온다는 것을 알고 있었다. 아니, 그보다

더 많은 이익을 취할 수 있을 것이다.

유대인인 피터 싱어는 정계와 재계는 물론 미국 영화계에도 친한 지인이 많았다.

미국에서 유대인의 위치와 사회적 지위는 내가 생각했던 것 이상이었다.

피터 싱어는 사업적인 감각뿐만 아니라 여러 가지 면에서 나를 높게 평가했다.

그와 친분을 유지하는 것이 닉스뿐만 아니라 현재 운영하고 있는 다른 회사가 미국에 진출할 때도 그의 도움을 받을 수 있었다.

단적인 예로 퀄컴의 어윈 제이콥스 사장을 만날 수 있었던 것도 피터 싱어의 도움이 컸다.

다음 날 미국에서 농구황제 마이클 조던과의 공식적인 광고 계약을 발표했다.

발표 직후 닉스의 차세대 농구화인 에어파워-X는 마이클 조던의 이름을 붙여 에어조던-I로 이름을 바꾸었다.

시카고 불스는 LA 레이커스와 꺾은 이후 연승행진을 달리고 있었다.

마이클 조던은 이후에 펼쳐진 농구 경기에도 닉스의 에어조던-I과 닉스에어-X를 번갈아 신고서 경기에 출전했다.

그러한 모습은 고스란히 농구 경기를 관람하던 관중과 TV를 시청하는 미국인들에게 전달되었다.

아직 추가로 제작되지 않은 에어조던—I를 공급할 수 없었기에 닉스에어—X를 마이클 조던에게 전달했다.

조던이 기존에 신고 뛰었던 아디다스 농구화보다 뛰어난 제품이었기에 닉스에어—X에도 만족감을 나타냈다.

한국의 닉스는 미국에서 전혀 낯선 브랜드였다.

마이클 조던이 그런 닉스와의 계약에 미국인들은 놀라움을 드러냈고, 미국 언론은 닉스에 대한 기삿거리를 찾기 위해 노력했다.

닉스 브랜드가 미국 언론에 지속해서 등장하자 닉스에 대한 호기심은 미국 내에서 계속 커져갔다.

이러한 소식은 고스란히 한국에 전해졌다.

미국 시각으로 새벽 1시경에 내가 묵고 있는 호텔로 닉스 부산공장을 맡고 있는 한광민 소장에게서 전화가 걸려왔다.

—하하하! 강 대표가 미국에 가더니 크게 한 건 터뜨렸어. 여기 신문마다 난리야. 정말이지 마이클 조던과 계약할 줄은 꿈에도 몰랐네.

한광민 소장의 기분 좋은 웃음소리가 수화기 너머로 들려왔다.

"운이 많이 따라주었습니다. 저도 생각지도 못했던 결과입니다."

─지금 기자들이 닉스 본사에 몰려와서 강 대표를 인터뷰하고 싶어서 난리야. 어떻게 할 거야? 계속해서 언론과의 인터뷰는 피할 거야?

예전부터 닉스에 관심 있던 언론은 이번 기회에 나를 인터뷰하길 원했다.

"예, 닉스의 대표가 어리다는 것을 알게 되면 오히려 역효과가 납니다. 언론은 특별한 이슈거리를 좋아하잖습니까? 저에 대해 알게 되면 회사나 저나 피곤한 일이 많아질 것입니다. 지금은 회사 일에 전념할 때입니다. 그리고 제가 알려지면 다른 회사들도 영향을 받을 수 있습니다."

─무슨 말인지 알겠네. 여긴 내가 알아서 처리할 테니까. 마무리 잘하고 돌아오라고. 한국에 돌아오면 내가 크게 한턱낼 테니까.

"알겠습니다. 그럼 잘 부탁하겠습니다.

─하하하! 알았네. 한국에서 보자고.

한광민 소장은 시원한 웃음소리와 함께 전화를 끊었다.

마이클 조던의 효과는 생각보다 컸다.

미국뿐만 아니라 한국에서도 마이클 조던과의 계약을 언론에서 집중적으로 다루었다.

농구의 붐이 일고 있는 한국에 마이클 조던과의 계약은 활활 타오르는 불에 기름을 끼얹긴 꼴이었다.

농구화인 닉스에어-X는 이미 전국에 있는 매장에서 품절되는 사태를 일으켰다.

그뿐만이 아니었다.

미국은 물론 일본과 유럽에서도 닉스에 대한 문의가 들어오고 있었다.

이제부터 닉스는 한국이라는 한시적인 시장을 떠나 세계로 나갈 수 있는 토대가 마련된 것이다.

한광민 소장과 통화를 끝내고 잠자리에 든 지 2시간이 지난 후였다.

전화기가 요란하게 울렸다.

닉스에서 자금을 담당하는 이종완 과장의 전화였다.

ㅡ여보세요. 대표님, 저 이종완 과장입니다.

그의 목소리는 급해 보였다.

"무, 무슨 일이죠?"

깊게 잠이 들다가 깨니 조금 정신이 없었다.

ㅡ마이클 조던에게 계약금으로 보내려고 하는 3백만 달러를 은행에서 송금할 수 없다고 합니다. 구비서류가 미비하였다고 말하는데 구체적으로 뭔지 이야기를 해주질 않습

니다.

"그게 무슨 말입니까? 서류가 미비하였다니요? 마이클 조던과 관련된 광고 계약서를 다 보냈지 않았습니까?"

─예, 서류를 제출하고 문제없다고 했는데, 갑자기 연락이 와서는 3백만 달러에 대한 추가적인 서류를 요청한다는 말을 하는데, 앞뒤가 좀 맞지 않습니다.

"은행 측에 정확한 이유를 알려달라고 하세요. 지금 바로 은행에 전화하셔서 아무 이유 없이 송금을 막는다면 거래 은행을 바꾼다고 하십시오."

─예, 다시 전화드리겠습니다.

이종완 과장의 말에 느낌이 좋지 않았다. 마이클 조던과의 계약에는 전혀 문제가 없었다.

더구나 은행에 돈을 빌리는 것이 아닌 닉스가 가지고 있는 자금을 송금하려는 것을 은행이 허락하지 않는다는 것이 이상했다.

10분 정도 지나자 이종완 과장에게서 다시 전화가 걸려왔다.

─윗선에서 지시가 내려왔다고 하는데, 정확하게 말해주지는 않았다고 합니다. 한데 담당자가 하는 말이 느낌상 정부 관계자가 개입된 것 같다고 합니다.

"정부 관계자요?"

―예, 분명 그렇게 말했습니다. 어떻게 할까요? 오늘 중으로 계약금을 보내줘야 하는데.

"우선 제가 알아서 해보겠습니다. 다른 일이 있으면 바로 연락해 주십시오."

―예, 바로 전화드리겠습니다.

전화를 끊고 나서 곰곰이 생각을 해보았다.

내가 정부 관계자와 연관이 된 것은 오직 국가안전기획부의 인물뿐이었다.

"혹시 나를 끌어들이기 위해서……."

다른 이유는 생각이 나지 않았다.

사업을 시작하면서 세금 문제는 물론 불법적인 일은 전혀 한 일이 없었다.

최대한 그러한 일은 피했다.

그때였다.

옆에 놓인 전화기가 다시금 요란하게 울렸다.

"여보세요?"

난 닉스에서 걸려온 전화로 생각하고 받았다.

하지만 수화기 너머로 들려온 목소리는 처음 들어보는 목소리였다.

―강태수 대표님, 저희에게 협조를 해주시면 바로 송금을 할 수 있게 해드리겠습니다.

그는 다짜고짜 미국 송금과 관련된 일을 꺼냈다.

"무슨 소리입니까? 합법적으로 사업을 하고 있는 사람에게 이게 무슨 짓입니까? 더구나 더 많은 수출을 위해서 중요한 계약을 앞둔 마당에 이게 정부에서 할 짓입니까?"

내 목소리가 커졌다. 예상대로 안기부에서 손을 쓴 것이다.

—저희도 그 점은 안타깝게 생각하고 있습니다. 하지만 그보다 더 큰 국익에 관련된 일입니다. 저희에게 힘을 보태주시죠. 그러면 저희도 대표님의 일에 적극적으로 돕겠습니다.

"국익이라고요! 이 계약이 얼마나 중요한지 아시고 하는 소리입니까? 이번 일은 당신이 상상할 수 없는 이익을 해외에서 벌어들일 수 있는 일입니다."

—저희도 어쩔 수가 없습니다. 대표님이 말씀하신 눈으로 보이는 금액보다 국익에 따른 보이지 않는 무형의 금액이 더 클 수 있습니다. 10분 후에 다시 전화드리겠습니다. 그동안 결정을 해주시면 좋겠습니다.

딸각!

뚜~ 우!

그는 나의 대답을 듣기도 전에 전화를 끊어버렸다.

한국에서 송금을 받지 않아도 계약금은 피터 싱어를 통

해 마련할 수 있었다.

하지만 총 1천 5백만 달러를 지급해야 하는 상황이었다.

이런 식으로 국가안전기획부에서 방해한다면 계약금을 조달하기가 무척이나 힘이 들었다.

이런 불법적인 일을 아무렇지 않게 자행할 수 있다는 것이 놀라웠다.

아직까지 안기부는 국가안보라는 말로 무소불위의 힘을 발휘하고 있었다.

우선 계약금부터 해결해야만 했다.

나는 수화기를 들고서는 피터 싱어에게 전화를 걸었다. 새벽 시간이었지만 그게 중요한 것이 아니었다.

전화를 받은 피터 싱어는 나의 설명에 듣고는 은행이 열리는 시간에 바로 마이클 조던 측에 송금을 하겠다고 했다.

피터 싱어와의 통화가 끝마치자마자 기다렸다는 듯이 전화벨이 다시 울렸다.

―어떻게 생각해 보셨습니까?

"이런 강압적이고 불쾌한 방식은 아니라고 생각됩니다. 그래서 저는 도울 생각이 전혀 없습니다. 회사 변호인을 통해서 이번 사건에 대해 법적으로 대응하겠습니다. 그런 줄 아십시오."

딸각!

이번에 내가 상대방의 말을 듣기 전에 끊어버렸다.

짧은 시간 생각을 해보았지만 이건 정말 아니었다.

내가 태어나고 자란 대한민국이라는 나라를 사랑한다.

이 나라가 더욱 잘될 수 있도록 사업적인 아이템과 먹거리들을 미국에서 찾아오는 중이었다.

지금 이러한 행위는 미래에 대해 알지 못해서 오는 무지함도 있었다.

하지만 나만 이런 형식으로 강압적인 협조를 요청받는 것이 아닐 것이라는 생각이 들었다.

전화를 끊고 침대에 다시 누웠지만 쉽게 잠이 오지 않았다.

계속 이러한 일이 벌어진다면 한국에서의 사업이 쉽지 않을 수도 있다는 생각이 들었다.

슬슬 잠이 오려고 할 때에 다시금 전화벨이 울렸다.

수화기 너머로는 내가 알고 있는 인물의 목소리가 들려왔다.

나를 찾아왔던 삼정실업의 박영철 차장이었다. 삼정실업은 국가안전기획부의 위장 회사였다.

―박영철입니다. 정말 대표님께 미안하게 되었습니다. 제 허락 없이 저희 직원이 독단적으로 일을 처리했습니다. 막아났던 은행계좌는 바로 풀었습니다.

"저희 같은 사업가도 박 차장님처럼 나라를 위해서 일하고 있습니다. 이건 정말 너무하시는 처사가 아닙니까?"

―물론 그렇습니다. 지금 위쪽에서 벌어지는 일이 너무 급박하게 일이 돌아가고 있어서 직원이 시키지도 않은 일을 했습니다. 저희가 새벽에 잠도 못 자게 해드렸네요. 다시 한 번 사과드립니다.

난 박영철의 말을 곧이곧대로 믿지 않았다. 그의 허락이 없다면 결코 진행될 수 없는 일이었다.

"알겠습니다. 앞으로는 이러한 일이 일어나지 않도록 해주십시오.

―물론입니다. 그리고 사과드리는 의미로 한 가지 사실을 알려드리겠습니다. 김만철 씨가 현재 모스크바공항에 구금되어 있습니다.

"그게 무슨 말입니까?"

―아마 불법적인 물건을 소지하고 있었던 것 같습니다.

"불법적인 물건이라니요?"

―그건 저도 잘 모르겠습니다. 하여간 이번 일로 심려를 끼친 것은 미안하게 되었습니다. 한국에 돌아오시면 제가 한번 찾아뵙겠습니다.

"예, 알겠습니다. 알려주서서 고맙습니다."

나는 전화를 끊자마자 도시락 모스크바지사로 전화를 걸

었다.

사무실에 있던 빅토르 최가 전화를 받았다.

나는 그에게 김만철의 행방을 알아보라고 시켰다.

30분 뒤 빅토르 최의 전화가 걸려왔다.

김만철이 마약을 소지한 혐의로 공항에서 체포되었다는 소식이었다.

그의 말에 순간 머리가 아파왔다.

김만철이 마약을 소지할 이유가 전혀 없었다.

아마 누군가가 김만철을 곤경에 빠뜨리려고 작업을 한 것이 분명했다. 아니, 어쩌면 그와 연관된 나를 노린 것일 수도 있었다.

이번 일은 안기부가 저지른 일이 아닌 것 같았다.

굳이 내가 아닌 김만철을 곤경에 빠뜨릴 이유가 없었다.

다시 수화기를 집어 들려고 할 찰나 내가 묵고 있는 호텔이 누군가에 의해 도청되는 것은 아닐까 하는 생각이 들었다.

그런 생각이 들자마자 나는 호텔 로비로 내려갔다.

그리고 호텔 로비에 있는 전화로 러시아에 있는 친구에게 전화를 걸었다.

김만철이 풀려나지 못한다면 마이클 조던과의 계약은 물거품이 될 수밖에 없었다.

더구나 모스크바의 스베르 건물 지하에 보관 중인 금괴를 판매해야만 퀄컴과의 계약도 가능했기 때문이다.

　그때까지 날 주목하고 있는 것이 대한민국의 국가안전기획부만이 아니라는 것을 모르고 있었다.

Chapter 10

내가 전화를 건 인물은 러시아 외무부에서 아주(아시아·태평양) 국장으로 승진한 포타닌이었다.

그와는 스베르 건물의 임대 문제로 만나 인연을 맺었다.

나는 그를 우연한 기회에 보리스 옐친 대통령에게 소개했었다.

그 때문인지는 모르지만 보리스 옐친이 12월 21일 소련연방해체 후 결성된 독립국가연합(CIS)의 실질적인 지도자로 올라섰을 때 포타닌은 외무부 아주 국장으로 승진했다.

그의 동료들이 외무부에서 물러나거나 현 자리에 머물고

있는 것과는 전혀 다른 경우였다.

신호가 네 번 정도 울리자 여자 비서인 듯한 인물이 전화를 받았다.

—여보세요. 누구를 찾으십니까?

"포타닌 아주 국장님을 바꿔주십시오. 한국 친구라고 하면 알 것입니다."

포타닌과 약속된 말이었다.

—예, 한국 친구라고요. 죄송하지만 정확하게 이름을 말해주시기 바랍니다.

"한국의 강……."

—포타닌입니다. 비서가 바뀐 지 얼마 되지 않아서 제가 미처 이야기하지 못했습니다. 웬일로 전화를 다 주셨습니까?

내 말이 끝나기 전에 수화기 너머로 포타닌의 목소리가 들려왔다.

아마도 근처에 있다가 한국 이야기가 나오자 비서의 수화기를 빼앗듯이 바꾼 것 같았다.

나는 그가 아주 국장으로 승진했을 때 축하 메시지를 보낸 이후 연락을 하지 않았었다.

그리고 포타닌은 나와 보리스 옐친과의 관계를 잘 알고 있었다.

더욱이 나의 영향력이 그의 승진에 큰 힘을 발휘했다는 사실도 말이다.

"급한 일 때문입니다. 국장님 알고 계시는 저희 직원이 모스크바공항에서 마약 소지로 구금되었다고 합니다. 전혀 마약을 소지할 만한 이유도 없는 상황입니다. 누군가가 일부러 그런 것이 아닌가 생각됩니다."

―알겠습니다. 제가 바로 조처를 하겠습니다. 직원의 이름을 알려주십시오.

"김만철입니다. 보리스 옐친 대통령을 위해서 목숨을 걸었던 직원입니다."

―아! 누구인지 알겠습니다. 제가 연락을 드릴까요?

"아닙니다. 제가 30분 후에 다시 전화를 드리겠습니다."

―그렇게 하십시오.

포타닌과의 전화를 끝마치고 호텔 로비에 있는 시계를 보았다.

시계는 새벽 5시를 향하고 있었다.

잠은 일찌감치 달아난 상태였다.

따뜻한 커피를 한 잔 마시고 싶었지만 호텔의 식당 문이 열리려면 아직 한참 있어야만 했다.

전화를 기다리는 동안 시간이 아주 천천히 흘러갔다.

호텔 로비에 앉아 있는 사람은 나뿐이었다.

소파에 조용히 혼자 앉아 있자 여러 생각이 떠올랐다.

과거로 온 첫날부터 시작해서 오늘까지의 일이…….

그리고 어느새 자리 잡은 커다란 꿈이 가슴에서 꿈틀대고 있었다.

비전과 꿈이 현실로 되어가는 동안, 과거로 돌아온 지 벌써 2년이란 시간이 흘렀다.

이전에는 갖지 못한 비전과 커다란 꿈을 꾸고 있는 지금.

이 꿈은 어느새 나 혼자만의 꿈이 아니었다.

나를 믿고 따르는 수많은 사람과 함께 만들어가는 꿈이었다.

더욱 커지고 있는 꿈을 이루기 위해서 나는 흔들림 없이 강해져야 한다.

오늘처럼 꿈을 방해하고 앞을 막아서는 자들이 있기 때문이다.

그들이 누구인지 모르지만 나는 절대 물러설 생각이 없었다.

아니, 지금 가진 그 어떠한 것도 빼앗길 생각이 전혀 없다.

"후후! 많이 변했구나, 강태수."

나도 모르게 웃음이 났다.

어느 순간부터인지는 모르지만 난 커져 있었다. 그리고

강인한 남자로 바뀌었다.

더 이상 삶을 두려워하고 저주까지 했었던 지난날의 강태수가 아니다.

땡! 땡! 땡!

호텔 로비에 놓여 있던 고풍스러운 괘종시계가 새벽 5시를 알리고 있었다.

나는 다시 전화기가 있는 곳으로 향했다. 그리고 포타닌에게 전화를 걸었다.

포타닌과의 전화를 통해서 김만철이 어떻게 마약을 소지하게 되었는지 알게 되었다.

한마디로 김만철이 소지하고 있던 가방이 동일한 가방과 바꿔치기된 것이다.

가방이 바뀐 것을 알게 된 것은 모스크바공항 검색대에서였다.

아마도 가방은 로스앤젤레스 국제공항에서 바뀐 것 같다는 말을 전했다.

김만철은 포타닌 덕분에 모스크바공항에서 풀려날 수 있었다.

포타닌은 외무부에서도 옐친의 측근으로 통했고, 다른 러시아의 행정기관에도 영향력을 행사할 정도의 힘을 가지고 있었다.

"정말 고맙습니다. 모스크바를 방문할 때에 찾아뵙겠습니다."

―강 대표님은 언제든지 환영합니다. 무슨 일이 생기면 바로 연락주십시오. 제 전화기는 대표님께 활짝 열려 있습니다.

"감사합니다. 오늘 일은 기억하고 있겠습니다."

―하하하! 친구를 돕는 것은 당연한 일입니다. 그럼 수고하십시오.

포타닌은 호탕하게 웃으며 전화를 끊었다.

그의 선에서 해결되지 않았다면 나는 보리스 옐친 대통령의 비서실장에게 전화했을 것이다.

마지막은 옐친이었지만 그에게는 최대한 전화를 하지 않을 생각이었다.

옐친은 가장 중요한 시점에 써야 하는 최후의 카드였다.

*   *   *

호텔 밖 주차장에는 스니커즈 초코바의 그림이 그려진 밴이 주차되어 있었다.

LA에서 흔히 보는 밴이었지만 내부는 최첨단장비들로 가득 차 있었다.

생각보다 넓은 밴 안에는 3명의 인물이 자리하고 있었다.

"포타닌이 누구지?"

그중 나이가 가장 많아 보이는 인물이 질문을 던졌다.

그의 나이는 30대 후반에 40대 초반으로 보였고 검갈색 뿔테안경을 쓰고 있었다.

그러자 앞쪽에 있던 인물이 일반적인 노트북보다 상당히 두꺼운 노트북의 자판을 치며 저장된 파일을 불러왔다.

"잠시만 기다리십시오."

"모스크바 작전을 망쳐놓은 놈이라서 그런지 상당히 신중하게 움직이는군."

말을 하는 인물의 뿔테안경 너머로 보이는 눈매가 무척이나 날카로웠다.

"이번에 옐친에 의해 아주 국장에 선임된 인물입니다."

상관이 원하던 답이 노트북에 떠오르자 금발의 사내가 입을 열었다.

"수완이 좋은 놈이야. 이번 인사 때에 우리가 어렵게 심어놓은 크렘린의 코드 대다수가 삭제되었다. 다시금 이전 수준으로 돌려놓기 위해서는 너무 많은 시간과 노력이 필요하게 되었어."

사내는 검은 안경테를 콧등 위로 올리면서 말했다.

"그래서 이놈을 노리는 것입니까?"

왼편에서 헤드셋을 벗어놓으며 말하는 인물이 물었다.

"그것 때문만은 아니지. 저놈은 새로운 크렘린의 주인을 살렸다. 그것이 5년간 공들여 온 작전을 망쳐놓았지만, 결과적으로는 그리 최악은 아니다. 다시금 시나리오대로 흘러갈 수 있는 방법을 찾았으니까 말이다. 오늘은 이만 철수한다."

뿔테안경의 사내는 부하의 질문에 원하는 대답을 시원스럽게 해주지 않았다.

그만이 알 수 있는 말을 독백처럼 말할 뿐이었다.

＊　　　＊　　　＊

한 시간 뒤 모스크바 도시락 지사에 도착한 김만철과 통화를 할 수 있었다.

그는 가방이 바뀐 것을 모르고 있었다고 말했다.

누군지는 알 수 없으나 그만큼 치밀하게 가방을 바꿔치기한 것이다.

"무사하셔서 다행입니다. 세레브로 제련공장에는 연락을 취해놓았습니다. 작업이 끝나면 계획대로 블리노브치 씨에게 연락을 취하십시오. 그러면 블리노브치 씨가 사람을 보낼 것입니다."

김만철이 미국으로 떠나기 전 이미 블리노브치와는 이야기가 끝난 상태였다.

그는 금괴를 어떻게 소유하게 되었는지 묻지 않았다.

오로지 블리노브치는 이익이 되는 비즈니스를 할 뿐이었다.

그와는 어떤 거래를 해도 이미 그에 대한 충분한 신뢰가 쌓여 있었다.

현재 러시아는 급격한 변화의 바람이 불고 있었다.

그 단적인 예로 러시아의 힘있는 자들은 돈이 된다고 생각되는 일에 대해서 물불 가리지 않고 달려들었다.

그것이 합법적이든 불법적이든 상관하지 않았다.

하지만 그러한 일에 특성상 배신이 난무했고, 그 누구도 쉽게 믿지 못하는 세상이 되어버렸다.

—바로 움직이겠습니다. 한데 대표님께서 혼자 계셔도 괜찮으시겠습니까?

가방 사건이 우연한 일이라고 여겨지지 않는 김만철은 나를 걱정했다.

"괜찮습니다. 제 걱정은 마시고 약속된 기간 내에 자금을 모두 마련해야 합니다. 조심해서 움직이십시오. 러시아가 생각보다 좋지 않은 쪽으로 빠르게 변하고 있습니다."

―알겠습니다. 새롭게 구성된 경비대가 생각보다 잘 움직이고 있습니다. 일린이 일을 잘해놓았습니다. 경비대와 함께 움직일 테니 너무 걱정하지 마십시오.

모스크바에 있는 회사들을 지키기 위해 창설된 경비대는 이제 20명으로 늘어난 상태였다.

"그럼 일주일 후에 모스크바에서 뵙겠습니다."

―예, 기다리고 있겠습니다.

모든 일을 정리하려면 러시아로 직접 들어가야만 했다.

김만철과의 통화가 끝나자마자 솜이 물을 먹은 것처럼 몸이 천근만근이었다.

일주일 내내 잠을 자지 못한 사람처럼 피곤함이 한꺼번에 몰려온 느낌이었다.

호텔 방으로 돌아온 후 나는 침대에 쓰러지듯이 눕자마자 잠에 곯아떨어졌다.

그리고 난 꿈에서 한 사내를 보았다.

세상은 고요했고 하늘의 떠 있는 달은 교교한 빛을 발하고 있었다.

푸르스름한 저녁 어둠을 뚫고 세상을 관조하듯이 바라보는 낯선 사내의 눈동자는 깊이를 알 수 없을 정도로 깊었다.

사내의 얼굴에는 이마에서부터 턱으로 이어지는 길쭉한

흉터가 나 있었다.

그 오래된 상처의 그림자가 드리워진 두 눈에는 서로 다른 세상을 담고 있었다.

그의 눈은 조금도 탁하지 않았다.

아기의 눈처럼 투명했고 어둠이 전혀 스며들지 않은 눈이었다.

그것은 개체에 구애받지 않고 전체를 발라볼 수 있는 눈이었다.

그의 오른쪽 눈에는 더할 나위 없이 생을 사랑하는, 왼쪽 눈은 죽음을 존경하는 빛을 담고 있었다.

생과 사를 초월한 눈을 가진 그는 강인했고, 어떤 일에도 흔들릴 것 같지 않은 사내였다.

바람이 불어와 그의 맨머리를 쓸어 올리자 그의 이마에는 희미하게 별모양의 문양이 보였다.

그것이 자연적인 것인지 아니면 인위적인 것인지는 모르지만 참으로 특이했다.

밤하늘이 별 가루로 가득하고 달이 겸양의 미덕을 발휘하여 만추를 한층 돋보이게 할 때였다.

별을 지닌 사내와는 전혀 상반된 모습의 사내가 나타났다.

걸어오는 사내의 두 눈은 온통 악의에 차 있었고 거대한 불길이 솟구치듯이 붉게 타오르고 있었다.

알 수 없는 말을 내뱉는 그의 입에서는 마치 지옥의 야차가 울부짖는 듯한 소리가 들렸다.

사내의 온몸에서 뿜어져 나오는 무지막지한 기운에 의해 들이 숲이 태워지고 얼어갔다.

하지만 이마에 별을 가진 사내 앞까지 그 광폭한 기운이 뻗어 가지 못했다.

세상의 어둠을 모두 가진 듯한 사내가 별을 가진 사내를 갈기갈기 찢기 위해 달려들었다.

그 무시무시한 기운이 땅을 가르고 바위를 굴러 떨어뜨렸다.

하지만 그 모든 것이 별을 가진 사내가 손을 뻗자 그대로 허물어지듯이 사라져 버렸다.

그리고 별을 가진 사내의 오른손에는 어느 순간 광폭한 사내의 심장이 쥐어졌다.

그와 함께 광폭한 사내의 몸이 슬로비디오를 보듯이 아주 천천히 뒤로 허물어졌다.

쿵!

사내가 땅에 쓰러지면서 울리는 울림이 세상을 들썩거리게 할 정도로 크게 울려 퍼졌다.

그러자 들판은 달빛마저 얼려 버릴 것 같은 설원으로 변해 버렸다. 그리고 사내의 심장에서 흘린 피가 온 산하를 뒤덮었다.

그때야 쓰러진 사내의 얼굴이 자세히 보였다. 광폭한 사내의 얼굴은 다름 아닌 바로 나였다.

그리고 나의 심장을 움켜쥔 사내가 심장을 자신의 입으로 가져가 단숨에 삼켜 버렸다.

그 순간 온 세상이 비명을 지르며 불타올랐다.

내가 알고 있는 모든 사람이 고통스럽게 죽어가는 모습이 생생하게 눈에 들어왔다.

사랑하는 가족들은 물론 가인이와 예인이…….

너무도 끔찍한 모습이었다.

별을 가진 사내는 그런 세상을 무심히 바라볼 뿐이었다.

그는 세상을 파괴하기 위해서 태어난 자였다.

너무나 기이한 꿈이었다.

내가 꿈에서 깨어났을 때에 온몸이 땀으로 뒤범벅이었다.

왜 이런 꿈을 꾸었는지 알 수 없었다.

하지만 왠지 꿈에서 본 남자를 언젠가 만나게 될지도 모른다는 이상한 생각이 들었다.

마치 꿈에서 본 남자가 이 세상에 존재하고 있는 것처럼.

Chapter 11

호사다마(好事多魔)라는 말처럼 내가 하고자 하는 일을 방해하는 세력이 있다는 것은 유쾌하지 않은 일이다.

하지만 나의 운이 그들보다 강한 듯했다.

그토록 기다리던 전화가 걸려온 것이다.

퀄컴의 사장인 어윈 제이콥스였다.

─이사회에서 강 대표님의 제의를 받아들이기로 했습니다. 대신 로열티(기술특허사용료)와 관련하여 사용 기간을 정해야 할 것 같습니다.

어윈 제이콥스의 말처럼 평생 동안 사용할 생각은 없었다.

계약 기간이 수십 년만 되어도 2천만 달러의 수십 배에 해당하는 이익을 볼 수 있었다.

더구나 2천만 달러만큼의 퀄컴 지분을 가져오기 때문에 절대 손해가 발생하는 계약이 아니었다.

"구체적인 상황은 만나서 결정하도록 하시지요. 세부적으로 이야기를 나누어야 할 것도 있으니까요."

—알겠습니다. 그럼 혹시 뉴욕으로 오실 수 있으시겠습니까? 제가 뉴욕에 5일간 머물러야 하는 일이 생겼습니다. 머무실 호텔은 제가 잡아놓도록 하겠습니다.

"예, 그래주시면 감사합니다. 저도 이곳에서의 일이 마무리되었습니다."

—그럼 뉴욕에서 뵙겠습니다.

어윈 제이콥스가 나에게 전화를 할 수밖에 없는 이유가 있었다.

퀄컴에 대해 투자를 하겠다고 나선 회사나 투자자는 내가 유일했다.

LA에서 그가 만났던 투자회사들은 모두 퀄컴에 난색을 보였다.

한마디로 퀄컴은 이익을 내고 있지 못했다.

앞으로 1~2년은 물론 그 이후에도 이익을 낼 수 있는 뚜렷한 방법을 제시하지 못했다.

문제는 모두 퀄컴이 개발한 CDMA(Code division multiple access)의 상용화가 걸림돌이었다.

퀄컴이 주장하는 것처럼 1~2년 내로 상용화가 이루어질 수 없다는 것이 문제였다.

더구나 지금 퀄컴의 CDMA의 통신 방법을 채용한 나라도 없었다.

그가 뉴욕으로 날아간 것은 마지막 투자회사를 만나기 위해서였다.

만약 뉴욕의 투자회사도 퀄컴의 투자에 난색을 보인다면 나는 더욱 유리한 조건으로 퀄컴과 계약을 맺을 수 있었다.

*　　　*　　　*

LA가 처음이었던 것처럼 뉴욕 또한 처음이었다.

뉴욕 공항에 내린 시간은 저녁 7시가 다 되어서였다.

뉴욕의 겨울은 차고 매서운 바람이 불어왔다. 하지만 그 찬 공기를 따뜻하게 바꿔놓은 풍경이 거리를 가득 메우고 있었다.

뉴욕의 거리는 온통 크리스마스트리로 치장되어 있었다.

거리를 지나는 사람들 모두가 크리스마스를 맞이하여 즐겁고 행복한 표정이었다.

어원 제이콥스가 예약한 호텔은 크리스마스와 신년을 맞이하여 미국 전역과 전 세계에서 몰려든 관광객으로 붐볐다.

이런 날에는 호텔을 잡기도 쉽지 않을 것 같았다.

체크인을 바로 하고서 호텔 방에 짐을 풀었다.

짐을 풀자마자 호텔 내에 있는 바로 향했다. 왠지 오늘은 술을 한잔하고 싶었다.

테이블에 앉아 주문한 맥주를 마시며 이런저런 생각을 정리했다.

어원 제이콥스와는 내일모레 약속이 되어, 오늘과 내일은 뉴욕을 충분히 돌아볼 수 있는 시간이 될 것 같았다.

기존에 구글과 아마존, 그리고 이베이를 창업한 인물들을 만날 계획은 수정하기로 했다.

마이클 조던에 이어서 퀄컴과의 계약까지 이어지면서 자금 문제로 러시아로 들어가야만 했다.

미국에서의 마이클 조던과의 계약은 전혀 예상하지 못했던 결과물이었다.

앞으로 그를 앞세워 마케팅 전략도 세우고 광고도 찍어야만 했다.

한국으로 돌아가면 닉스에 전문적인 마케팅팀을 갖출 생각이다.

이제는 한국만이 아닌 이곳 미국과 세계를 향해 마케팅을 펼쳐 나가야 한다.

더구나 지금 부산 공장의 생산력으로는 앞으로 늘어날 수출 물량을 감당할 수 없었다.

그렇기 때문에 부산 공장의 증설도 생각해야 했다.

부산 공장의 증설은 내년 이후로 생각하고 있었다.

문제는 계획에도 없던 자금들이 당장 들어간다는 것이다.

도시락과 닉스는 물론 퀄컴과 CDMA에 대한 계약을 진행하고 있는 블루오션까지 각각의 회사가 수백억에 해당하는 자금이 한꺼번에 몰렸다.

"후! 러시아의 일이 제대로 풀려야만 모든 게 정리되겠구나."

그때였다.

"어! 강 대표님, 뉴욕에는 웬일이세요?"

나를 향해 말을 걸어오는 여인은 베이커앤맥켄지에 근무하는 루이스 정이었다.

"안녕하세요. 계약 문제로 이곳에서 사람을 만나기로 했습니다. 변호사님은 어쩐 일이세요?"

"부모님 집이 뉴욕이에요. 그런데 마이클 조던과의 계약은 성사되지 않았나요?"

루이스 정이 궁금하듯 물었다

"닉스와 마이클 조던과의 계약은 아시는 대로 잘되었습니다. 블루오션이라고 제가 운영하는 또 다른 회사와 관계된 계약입니다."

"대단하시네요. 닉스 말고도 다른 회사도 운영하고 계시다는 거네요?"

루이스 정은 자연스럽게 테이블에 앉으면 말했다.

"그리 대단한 것은 아닙니다. 한데 누굴 만나서 오신 건가요?"

"예, 친한 동생하고 크리스마스 파티에 가려고 하는데, 대표님도 일이 없으시면 같이 가실래요?"

"제가요?"

"네, 크리스마스이브인데 지금 특별히 할 일도 없으시잖아요?"

루이스 정은 나를 파티에 데려가고 싶은 눈치였다.

"특별한 일은 없지만 제가 가도 되는 자리인지 모르겠습니다."

"이곳에 있는 것보다 훨씬 재미있을 거예요. 뉴욕에서 잘나가는 사람들이 모이는 자리인데 그냥 즐기면 돼요."

루이스 정의 말처럼 사실 이곳에서 특별히 할 것은 없었다.

"음, 제가 동행해도 피해가 되지 않는다면 가겠습니다."

"정말 즐거우실 거예요."

루이스 정의 말이 끝마칠 때쯤 그녀가 말한 동생으로 보이는 미녀가 우리 쪽으로 걸어왔다.

금발에다 늘씬한 몸매를 자랑하는 여자는 어디선가 본 듯한 모습이었다.

"인사하세요. 요새 잘나가고 있는 모델인 클라우디아 쉬퍼예요. 클라우디아, 이쪽은 내 고객이신 강태수 대표님이야."

그때야 확실히 생각났다.

미국의 게스 진(Guess Jean) 광고에 나온 그녀의 섹시하고 도발적인 모습은 정말 멋지다는 말밖에는 할 수 없었다.

1989년부터 3년간 '게스걸'로 일약 스타 반열에 오른 클라우디아 쉬퍼는 지젤 번천, 신디크로포드, 나오미 캠벨, 케이트 모스 등과 함께 세계적인 1세대 슈퍼 모델이었다.

금발에 푸른 눈과 181㎝가 넘는 큰 키는 그녀의 트레이드 마크였다. 독일 출신이지만 영어와 프랑스어도 능통했다.

"반가워요. 클라우디아 쉬퍼예요"

인사를 건네는 클라우디아 쉬퍼는 손을 내밀며 나에게

악수를 청했다.

클라우디아 쉬퍼는 요즘 들어 미국과 유럽에서 더욱 인기가 올라가고 있는 모델이었다.

"강태수라고 합니다. 이렇게 만나 뵙게 돼서 영광입니다."

바로 눈앞에서 본 클라우디아 쉬퍼의 키는 실제보다 더 커 보였다.

알고 보니 루이스 정의 어머니와 클라우디아 쉬퍼의 부모님이 친구 사이였다.

같은 독일 출신에다 부모님들 모두가 변호사라 어린 시절부터 알고 지냈다고 한다

"자, 그럼 출발하실까요? 이곳에서 얼마 떨어지지 않은 곳이 파티 장소거든요."

나는 예정에도 없었던 루이스 정과 클라우디아 쉬퍼를 따라나섰다.

루이스 정이 안내한 곳은 건물의 한 창고를 고쳐서 만든 미술전시관이었다.

그곳에는 이미 많은 사람으로 북적거렸다.

대다수가 유명인으로 뉴욕에서 활동하는 모델들과 디자이너는 물론 미술계와 음악가도 눈에 많이 띄었다.

넓은 공간에는 흥겨운 음악과 크리스마스 분위기를 연출

하는 트리와 장식으로 가득했다.

슈퍼모델로 뜨고 있는 클라우디아 쉬퍼의 등장은 사람들의 이목을 집중시키기에 충분했다.

루이스 정도 파티 장소 안에 있는 사람들과 친분이 두터운지 사람들 속으로 금세 스며들었다.

나는 잠시 그녀의 곁에 있다가 맥주를 들고서는 파티 장소 내에 걸려 있는 그림들을 하나씩 살펴보았다.

벽에 걸려 있는 그림들은 뉴욕을 주제로 한 그림이었다.

밝은 색감으로 생동감 넘치는 브로드웨이를 그린 그림부터 뉴욕의 할렘가를 작가만의 시선으로 회화한 그림도 있었다.

그림마다 특색 있었고 개성 넘치는 화풍을 자랑하고 있었다.

맥주를 마시면서 그림을 보던 중 북미인디언이 뉴욕의 한복판에서 말을 타고 엠파이어스테이트 빌딩을 올려다보는 그림이 눈에 확 들어왔다.

그림에는 마치 추장처럼 보이는 인물이 과거에서 갑자기 뉴욕 한복판으로 떨어진 느낌이었다.

그 모습이 마치 나와 같다는 느낌이 들어 오랫동안 그 자리를 떠나지 못하게 만들었다.

그때 옆에서 목소리가 들려왔다.

"이 그림에서 어떤 느낌이 드세요?"

너무 그림에 집중한 나머지 옆에 누가 와 있는지도 몰랐다.

고개를 돌려 목소리의 주인공을 보았다.

목소리의 주인공은 나와 비슷한 또래로 보이는 여자였다.

마른 체형에 개성 넘치는 모습의 여자는 무척이나 아름다운 갈색 눈을 하고 있었다.

그녀의 손에는 위스키 잔과 불을 붙이지 않은 담배가 들려 있었다.

"글쎄요. 이 그림 안에 있는 인디언이 나와 같다는 생각이 들었습니다. 과거에서 온 남자가 평생 처음 보는 낯선 도시에 갇혀 오갈 데가 없게 된 이방인의 신세라고 해야 하나요."

그냥 내가 느낀 그대로 말해주었다.

"저도 이곳에서는 왠지 이방인과 같네요. 반가워요. 케이트 모스예요. 절 아시는지는 모르겠지만."

솔직히 난 그녀를 알지 못했다.

케이트 모스는 영국 출신의 슈퍼모델이었다.

모델치고는 작은 168㎝의 아담한 키에 안짱다리인 그녀는 다른 슈퍼모델들과는 뚜렷이 다른 개성적인 이미지를 갖고 있었다.

그녀는 무심한 표정과 공허한 눈동자 거기다가 소녀적인 순수함과 함께 소녀가 여인으로 탈바꿈하면서 갖게 되는 관능미를 동시에 지닌 멋진 모델이었다.

케이트 모스가 모델로 기용된 켈빈 클라인 광고를 통해 매출이 급상승하였고 그녀 또한 스타모델로서 입지를 굳히고 있었다.

케빈 클라인 광고는 획기적인 광고로 선정적이고 노출이 심하여 큰 이슈를 일으켰다.

그녀는 또한 어그 부츠와 스키니진 등 여러 스타일을 유행시키면서 패션 아이콘으로 여겨지기도 한다.

"미안합니다, 알아보지 못해서. 전 강태수라고 합니다."

난 케이트 모스가 내민 손을 잡으며 말했다.

"후후! 아니에요. 그게 저한테 더 편하네요. 저도 이 그림에서 그런 느낌이 들었어요. 제 고향인 애디스콤에서 너무 멀리 떨어졌거든요."

애디스콤은 영국 런던의 남부 도시인 크로이든에 위치했다.

"저는 한국의 서울에서 왔습니다. 쉽게 말해서 태평양을 건너왔습니다."

"그래요? 전 대서양을 건너왔는데. 우리 둘 다 비슷한 점이 있네요."

케이트 모스는 옅은 갈색 머리카락을 쓸어 올리며 말했다.

난 그녀가 유명한 모델인지 몰랐고 나처럼 파티에 우연히 참석한 것으로 생각했다.

"그런 점에서 한잔할까요?"

나는 케이스 모스가 들고 있는 위스키 잔에 맥주를 부닥치며 말했다.

"좋죠. 태평양과 대서양이 뉴욕의 한복판에서 만났으니까요"

그녀는 흔쾌히 들고 있는 잔을 들며 말했다.

이 말이 우리 두 사람을 이끄는 말이 될 줄 전혀 몰랐다.

케이트 모스와는 처음 보는 사이가 아닌 것처럼 말이 잘 통했다.

마치 몇 년간 함께 지내온 친구처럼 느껴질 정도였다.

그녀는 정상을 달리는 모델 느낌보다는 어디에서나 쉽게 볼 수 있는 소녀 같았다.

14살 나이에 모델로 스카우트되어 며칠 남지 않은 1992년이면 모델 생활이 벌써 5년 차에 이른다고 한다.

낯선 도시에서 죽이 잘 맞는 친구를 만나서인지 술을 생각보다 많이 마시게 되었다.

케이트 모스는 내 손을 이끌고는 미술전시관으로 쓰이는 파티 장소를 일일이 안내해 주었다.

이곳에서 가끔 패션쇼가 열렸던 장소라 케이트 모스는 전시관 내부를 잘 알고 있었다.

케이트 모스는 부모와 떨어져 어린 시절부터 모델 생활을 해서 그런지 자신의 속마음을 터놓고 이야기할 친구가 적은 것 같았다.

처음 본 나에게 거리낌 없이 자신에 대한 이야기와 모델 세계에 관해서 털어놓았다.

나 또한 낯선 뉴욕에서 만난 영국 아가씨가 왠지 편했다.

우리는 만난 지 얼마 되지 않아서 말을 놓는 사이가 되었다.

그녀는 나보다 2살이 어렸다. 하지만 이곳에서는 그건 상관없는 문제였다.

술을 많이 마셔서일까 아니면 케이트 모스의 솔직함 때문인지 나도 모르게 마음속 깊숙이 감추고 있던 이야기를 꺼냈다.

"정말! 진짜 미래에서 넘어왔다고?"

케이트 모스는 입에 가져갔던 맥주를 내려놓고는 놀란 표정으로 물었다.

"진짜라니까. 아무도 믿어주지 않아서 그렇지. 사실 난 케이트의 아버지뻘이야."

난 일부러 마지막 말은 스타워즈의 다스 베이더(시스의 암흑 군주)의 목소리를 흉내 내며 말했다.

"깔깔깔! 미치겠다. 이런 뻥쟁이의 말을 열심히 경청하고 있었다니."

케이트 모스는 배를 잡으며 큰 소리로 웃었다.

"봐봐. 아까 말한 것처럼 아무도 내 말을 진지하게 받아들이지 않는다고."

하나 사실을 있는 그대로 이야기하는 것이 이렇게 편한 것인 줄 몰랐다.

한국에서는 할 수 없었던 이야기를 케이트 모스에게는 마음껏 할 수 있던 것은 그녀가 그만큼 편하고 나의 이야기를 잘 받아주어서인지도 몰랐다.

"그럼 미래에서 왔다면 내일 무슨 일이 일어나는지 알겠네."

케이트 모스가 내 말에 진지한 표정으로 물었다.

"아니, 그런 건 잘 모르지. 더구나 내가 태어난 한국에서 일어난 일도 잘 모를 때가 많아. 그냥 큰 사건이나 사고들을 안다고 해야겠지."

"피! 그게 뭐냐? 아무것도 모르는 것이나 마찬가지잖아."

케이트 모스는 혀를 짧게 내밀고는 내 말을 믿지 않았다.

그때였다.

술렁거리는 소리와 함께 입구에서 내가 알고 있는 여배우가 나타났다.

그녀는 다름 아닌 조디 포스터였다.

올 한 해 조디 포스터는 그녀가 출연한 양들의 침묵으로 큰 인기를 끌었다.

내년 3월에 열리는 아카데미시상식에서도 유력한 여우주연상 후보였다.

"지금은 믿지 못하겠지만 이번 아카데미 여우주연상은 지금 보이는 조디 포스터가 받게 될 거야. 그리고 남우주연상도 함께 출연한 안소니 홉킨스가 받을 거고."

나는 자신감 있게 말했다.

양들의 침은 64회 아카데미시상식에서 남녀 주연상과 감독, 각색, 작품상까지 모두 5개의 상을 받았다.

아카데미에서 상을 받자 다시 한국에서 재개봉을 했었다.

그때 영화관에서 본 영화가 양들의 침묵이라 확실히 알고 있었다.

"그런 말은 나도 할 수 있을 것 같은데. 아니야, 믿어줄게. 자, 그럼 의미로 건배."

케이트 모스는 내 말에 마지못해 미소를 띠며 말했다.

"후후! 그래 마시자. 미래를 알아서 뭐하리오. 오늘 지금 이 자리가 중요한 것인데."

그녀의 건배 제의에 나는 들고 있던 맥주를 단숨에 비웠다.

나는 맥주를 다시 가지러 가는 사이 무대가 설치된 곳에서 사회자가 파티에 참석한 사람들의 장기자랑을 하겠다고 말을 했다.

사회자 뒤로 음악을 연주할 밴드도 자리 잡았다.

파티에 참석한 모든 사람의 시선이 무대 위로 쏠렸다.

마이크를 잡은 사회자는 장기자랑에서 1등을 한 사람에게 이곳 전시장에 걸려 있는 그림 중 하나를 선물로 주겠다고 말했다.

지금 전시된 그림 대다수가 뉴욕에서 활동하는 미술작가가 그린 그림이었다.

이들은 미국에서 서서히 떠오르고 있는 신진 작가들이었다.

사회자의 말에 나의 시선을 빼앗았던 인디언의 그림이 떠올랐다.

왠지 그 그림을 소유하고 싶은 욕심이 솟구쳤다.

맥주를 가지고 케이트 모스가 있는 곳으로 가기 전 참가 신청을 했다.

"무대에는 왜?"

케이트 모스가 무대 앞으로 걸어가는 내 모습을 보자 물었다.

"인디언 그림을 가지고 싶어서."

"그래서 무대에 오르려고?"

"어, 한번 도전해 보려고."

"1등 할 자신 있어?"

"글쎄, 운이 좋다면 가능할지도 모르지."

"웬만한 실력이 아니라면 창피당할걸."

맥주를 건네받은 케이트 모스가 나를 염려하는 눈빛을 보내며 말했다.

그녀는 작년에도 이곳에 펼쳐진 크리스마스 파티에 참석했었다.

그때도 동일하게 참석자들의 장기자랑이 펼쳐졌었고, 아마추어로 보기 힘들 정도로 다들 실력이 좋았었다.

나는 파티 참석자들의 노래 실력을 알지 못했다.

그때 한 인물이 무대에 올라섰다.

그는 마이크를 잡고 간략하게 자기소개를 한 후에 노래를 불렀다.

마이클 볼튼이 리메이크해 1991년 빌보드차트에서 수주간 1위를 차지한 소울 가수 퍼시 슬레이지(Percy Sledge)의 남자가 여자를 사랑할 때(When a Man Loves a Woman)였다.

파티장에 울려 퍼지는 노래는 마이클 볼튼이 직접 찾아 부르는 것이 아닌가 할 정도로 멋졌다.

"이곳에 음악프로덕션 사장도 와 있다고, 잘하면 가수로 등용할 기회가 될 수 있지. 작년에도 여기서 1등 한 친구가 앨범을 냈었어."

케이트 모스의 말을 듣는 순간 내가 엉뚱한 짓을 한 게 아닌가 하는 생각이 들었다.

이번에는 여자가 올라왔고 앞에 불렀던 남자 못지않게 노래를 잘 불렀다.

'정말 이러다가는 개망신을 당하겠구나. 다들 장난이 아니네.'

나 또한 노래를 못 부르는 편이 아니었지만 지금 부르고 있는 인물들과 비교하면 확실히 떨어졌다.

일단 나와 비교해서 그들이 가지고 있는 울림통부터 달랐고 음색도 뛰어났다.

작전을 짜지 않으면 안 될 상황이었다.

나는 재빨리 종이를 구해서 간단한 악보를 그리기 시작했다.

다름 아닌 에미넴(Eminem)의 Lose yourself였다.

2001년부터 2002년까지 빌보드 핫 100차트에서 무려 12주를 연속해서 1위를 한 노래이자 그가 출연한 영화 8마일에 OST이기도 했다.

이 노래를 통해서 힙합에 한때 빠진 적이 있었다.

MP3 플레이어에 집어넣고 온종일 반복해서 듣고 따라 불러었다.

에미넴이 영화에 쓰고 나온 비니 모자를 쓰고서는 8마일에 나왔던 에미넴의 동작을 똑같이 따라 하기까지 했다.

그 때문인지 Lose yourself의 가사와 악보를 다 외우고 있었다.

더구나 좋아진 머릿속에 들어간 기억은 잊어버리지가 않았다.

무대 위의 연주자들은 상당한 실력파들이었다.

처음 시작되는 인트로에서 드럼과 피아노가 잘 받쳐주고 전자기타가 비트 있게 잘 이끌어준다면 나쁘지 않겠다는 생각이 들었다.

Lose yourself의 비트를 실은 반주는 단순했고 그리 복잡

하지 않았다.

더구나 긴 노래를 끝까지 하지 않고 1절만 부를 생각이었다.

나는 악보와 가사를 적은 종이를 연주자들에게 건넸다. 다행히 내 차례는 마지막으로 잡혔다.

에미넴이 그랬던 것처럼 나 또한 거울이 설치된 곳으로 가서는 연습을 시작했다.

그 모습을 바라보는 케이트 모스가 꽤 신기한 듯 바라보았다.

중얼거리듯 내뱉는 가사의 내용을 들어본 그녀의 눈동자가 커졌다.

"와! 정말 좋은데."

"후! 오랜만에 해보는 거라, 옛날 실력이 나오지가 않네."

긴 가사를 쉬지 않고 랩으로 표현한다는 것은 쉽지 않은 일이다.

처음이라 노래가 주는 리듬과 비트를 살리지 못했다.

참가자들을 살펴보니 모두가 자신의 장점을 드러내는 노래를 선곡했다.

그러다 보니 노래들이 일괄적으로 같은 성향의 노래가 대다수였다.

랩을 하는 참가자는 아무도 없었다.

3번을 더 부르자 어느 정도 비트감이 살아났다.

그때마다 케이트 모스는 몸을 흔들며 나의 동작을 따라 했다.

비트감이 살아나자 몸의 움직임이 어색하지 않았다.

2번을 더 부르자 리듬감도 한층 좋아졌다.

나는 꾸준한 운동과 호흡법을 한 덕분에 다른 일반 사람들과 다르게 폐활량이 월등히 뛰어났다.

그것이 랩을 하는 데 큰 도움을 주었다.

이전에 따라 할 수 없었던 가사의 자연스러운 전달과 흐름이 이제는 아주 쉽게 됐다.

모두 일곱 번을 반복하자 충분히 무대에 올라설 준비가 되었다.

"와우! 랩을 이렇게 잘할 줄 몰랐는데."

케이트 모스는 노래를 하면 할수록 달라지는 내 모습에 무척 놀라했다.

그리고 마침내 마지막 참가자인 내 이름이 호명되었다.

낯선 이름 때문인지 파티에 참석한 사람들은 그리 큰 관심을 두지 않은 눈치였다.

오로지 케이트 모스와 나를 이곳으로 데려온 루이스 정만이 관심을 가졌다.

무대에 오르자 긴장감이 온몸을 사로잡았다.

"여기 있는 강태수 씨는 아주 독특한 참가자입니다. 본인이 이곳에서 작곡한 곡을 부르겠다고 합니다. 더구나 부르고자 하는 분야는 힙합입니다."

에미넴에게는 무척이나 미안한 일이 되고 말았다.

그가 만든 명곡이 오늘 내가 작곡한 곡으로 둔갑한 것이다.

뒤쪽에서는 내가 건네준 악보를 보고 연주자들이 반주 연습을 하고 있었다.

사회자의 말에 파티에 참석한 사람들이 수군거리는 소리가 들렸다.

오로지 케이트 모스만이 무대 앞에서 열심히 손을 흔들며 나를 응원하고 있을 뿐이었다.

사회자가 건네준 마이크를 잡았다.

"한국에서 온 강태수라고 합니다. 부족하지만 잘 들어주셨으면 감사하겠습니다."

2001년도에 인기를 끈 노래가 1991년에 어떻게 받아들여질지는 예상할 수 없었다.

나는 연주자들이 있는 뒤를 돌아보았다.

그들은 계속해서 서로 반주를 맞추고 있었다.

그중에 리더로 보이는 인물이 내게 고개를 끄떡이며 준

비되었다는 신호를 보냈다.

긴장을 풀기 위해 마이크를 잡고 크게 심호흡을 했다.

파티장에 있는 사람들은 두 부류였다.

하나는 집중에서 무대를 쳐다보는 부류와 다른 한쪽은 전혀 관심을 두지 않는 부류였다.

힙합은 흑인들의 전유물로 여기고 있는 시기였다.

그런 와중에서 한국에서 온 동양인이 힙합을 부른다는 것이 우습게 보였다.

더구나 파티에 참석한 사람 중 대다수가 한국이란 나라 자체를 잘 몰랐다.

그리고 마침내 기다리던 도입 부분의 음악이 흘러나왔다.

피아노의 선율에 이어 전자기타의 비트가 흐르자 파티에 참석한 사람들의 시선이 하나둘 나에게로 쏠렸다.

음악이 무대 위로 흐르자 내 몸은 자연스럽게 리듬에 맞춰 움직이기 시작했다.

그리고 내 입에서 첫 가사가 튀어나왔다.

Look, if you had one shot, one opportunity

To seize everything you ever wanted—One moment

Would you capture it or just let it slip?

His palms are sweaty, knees weak, arms are heavy

이봐, 만약 네가 단 한 발, 단 한 번의 기회를 가졌다면
네가 지금까지 원하던 모든 것을 단 한순간에 잡을 수 있
는 기회를 붙잡겠어? 아니면 그대로 날려 버리겠어?
그의 손바닥에 땀이 차고, 다리는 후들거리고 팔은 무겁
게만 느껴져…….

처음 연주하는 곡이었지만 연주자들은 최선을 다해 힙합
특유의 비트와 리듬을 살려주었다.
케이트 모스는 맨 앞에서 나를 따라서 손을 위아래로 흔
들며 음악을 즐겼다.
파티에 참석한 젊은 사람들도 어느 순간 비트에 따라 몸
을 흔들기 시작했다.

You can do anything you set your mind to, man

네 마음이 원한다면 무엇이든지 할 수 있어

그리고 마침내 마지막 가사가 끝으로 모든 것을 토해내
듯이 노래를 끝마쳤다.

그리고 이어진 것은 박수 소리가 아닌 정적이었다.

파티에 참석한 사람 대다수가 멍한 표정을 지으며 나를 바라보고 있었다.

Chapter 12

　무대에 올라 쉽지 않은 노래를 무사히 불렀다는 흥분감과 짜릿한 기분이 온몸을 사로잡았다.

　대략 십여 초간의 정적은 케이트 모스의 박수 소리에 깨졌다.

　그녀의 얼굴에는 기쁨의 미소가 환하게 걸려 있었다.

　그와 함께 파티장에 있던 사람들의 환호성과 박수가 쏟아졌다.

　지금까지 나온 참가자 중에서 가장 많은 박수와 환호였다.

사람들은 내가 이 정도로 랩을 잘할 줄은 전혀 예상하지 못했다. 그리고 에미넴의 Lose yourself는 정말 멋진 곡이었다.

빌보트 핫 100 차트 1위에 올라 12주 동안이나 정상을 지켜 가장 오랫동안 1위를 차지했던 힙합 싱글로 남았다.

더구나 전 세계의 각종 차트에서 1위를 휩쓸었던 곡이다.

에미넴에는 미칠 수는 없었지만 나름대로 최선을 다한 무대였다.

더구나 긴 호흡에서 나오는 빠른 비트감의 리듬이 내 목소리가 맞나 할 정도로 아주 좋게 들렸다.

가장 기뻐해 주는 사람은 앞에서 열심히 응원해 준 케이트 모스였다.

그녀는 내가 무대에서 내려오자마자 나를 끌어안고서는 입맞춤했다.

그리 길지 않은 키스였지만 전혀 예상하지 못한 행동이라 조금은 당황스러웠다.

그 덕분에 내 양볼이 붉게 달아올랐다.

그런 내 모습에 케이트 모스는 미소를 지으며 팔짱을 끼웠다.

누가 보더라도 자신의 애인에게 하는 행동이었다.

그런 그녀의 행동에 뭐라 내색할 수 없는 분위기였다. 파티장은 장기자랑으로 한껏 달아올랐다.

그때였다.

한 남자가 나에게로 다가와서는 명함을 건넸다.

명함에는 워너 뮤직(Warner Music)의 마크와 함께 프로듀서 데이비드 메이슨이라는 이름이 적혀 있었다.

워너 뮤직은 미국의 음반사로 세계 3대 대형 음반사 중 하나다.

워너 뮤직 그룹 아래에 수많은 레코드 회사가 소속되어 있었다.

"데이비드 메이슨이라 합니다. 정말 잘 들었습니다. 제가 지금까지 접해본 곡 중에 음악성과 대중성이 가장 뛰어난 곡이었습니다. 저희와 함께 작업을 해보시는 것이 어떻습니까?"

데이비드 메이슨이 나에게 앨범 제작을 제의한 것이다.

그의 출연에 내심 노래를 열심히 불렀던 참가자들이 부러운 듯 나를 바라보았다.

"아닙니다. 이 곡의 진짜 주인이 따로 있습니다. 더구나 저는 가수를 할 생각이 전혀 없습니다."

나는 곡의 원래 주인인 에미넴에게 돌려줄 생각이다. Lose yourself는 그가 불러야 제맛이 나는 노래였다.

"지금 당장 결정하라는 것은 아닙니다. 신중하게 생각해 보시고 연락주십시오. 이대로 썩히기에는 너무 아까운 노래였고 멋진 목소리였습니다."

데이비드 메이슨은 나에게 엄지손가락을 치켜세우며 말했다.

그가 돌아가자 루이스 정과 함께 클라우디아 쉬퍼가 내게로 걸어왔다.

"와우! 강 대표님이 그런 실력을 갖추고 있었는지 전혀 몰랐네요. 정말 멋진 무대였어요."

루이스 정은 흥분이 된 모습이었다.

"저한테도 노래를 가르쳐 주세요. 어려울 것 같지만 배우고 싶어요."

함께 온 클라우디아 쉬퍼가 말했다.

그녀가 나에게 관심을 보이자 케이트 모스의 미간이 살짝 좁혀졌다.

케이트 모스는 아직은 클라우디아 쉬퍼의 유명세에 밀렸다.

내년을 지나 내후년이 되어서야 케이트 모스의 전성기가 펼쳐지기 시작한다.

노래가 끝난 후에 이런 관심을 받게 될지 전혀 몰랐다.

떨지 않고 최선을 다해 부르기만 하자는 마음이었을 뿐

이다.

심사를 맡은 사람들이 머리를 맞대고 이야기를 하는 사이에 나에게 말을 건네는 사람이 많아졌다.

이방인 취급을 받았던 분위기에서 완전히 탈바꿈해 있었다.

"긴장을 많이 해서 그런지 잠시만 화장실에 좀 갔다 오겠습니다."

난 케이트 모스의 손을 살짝 쥐어다가 놓았다. 그녀에게만 보내는 신호였다.

너무나 과도한 관심이 한꺼번에 몰려들자 숨이 좀 막혔다.

내가 화장실로 향하자 케이트 모스는 잠시 뒤 내 뒤를 따랐다.

화장실로 들어간 난 흥분감을 가라앉히기 위해 세수를 하고는 곧장 화장실을 나섰다.

밖에서 기다릴 줄 알았던 케이트 모스가 보이지 않았다.

나는 주변을 두리번거리며 케이트 모스를 찾았다.

그때 뒤에서 내 눈을 가리는 손이 있었다.

다름 아닌 케이트 모스였다.

"날 찾고 있었어?"

"그런 것 같아?"

나는 오히려 그녀의 행동에 반문했다.

"아니었다고 하면 이 손을 파티가 끝날 때까지 떼지 않을 거라고."

눈을 가리기 위해 바짝 다가선 그녀에게서 풍겨오는 옅은 향수 냄새가 기분 좋게 전해졌다.

하지만 케이트 모스의 의지와 상관없이 손을 뗄 수밖에 없는 상황이 일어났다.

파티의 하이라이트인 장기자랑의 1등을 발표하고 있었다.

심사위원 세 명의 만장일치와 파티장의 분위기를 더한 결과 1등은 바로 나였다.

무대에 선 사회자가 어눌한 발음으로 내 이름을 불렀다.

그러자 케이트 모스는 내 눈을 가렸던 두 손을 떼고는 나를 와락 안고서 환호성을 질렀다.

"꺄아! 1등 할 줄 알았다고."

마치 자신이 1등을 한 것처럼 기쁨을 감추지 못했다.

그녀의 환호성에 주변 사람들의 시선이 나에게로 쏠렸다. 하지만 케이트 모스는 아랑곳하지 않았다.

나는 다시금 무대로 향했다.

그녀도 나와 함께 무대에 올랐다.

사회자는 나에게 1등에게만 주어지는 상품에 대해 물었다.

"어떤 그림을 갖고 싶습니까?"

나는 주저 없이 말했다.

"저기 인디언이 그려진 그림입니다."

"상당히 눈썰미가 대단하시네요. 전시된 작품 중에서도 가장 멋진 그림을 선택한 것 같습니다. 그리고 함께 올라오신 분은 여자 친구인가요?"

사회자가 내 옆에 서 있는 케이트 모스를 보며 물었다.

"예, 오늘 이곳에서 만난 친구입니다."

"크리스마스 파티장에서 가장 멋진 크리스마스이브를 보내고 계신 것 같습니다. 많은 사람의 요청이 있었는데 다시 한 번 노래를 불러줄 수 있습니까?"

파티에 모인 사람들은 내가 부른 Lose yourself를 다시금 듣고 싶어 했다.

사회자의 말이 떨어지자마자 파티에 모인 사람들도 호응하며 앙코르를 소리 높여 외쳤다.

"알겠습니다."

내 말에 사회자는 마이크를 건네주었고 난 다시 노래를 불렀다.

긴장이 많이 풀어져서인지 처음 부를 때보다 여유가 있었다.

내 랩에 맞추어 파티장에 모든 사람이 손을 위아래 흔들며 몸을 흔들었다.

마치 그 모습에 내가 진짜 가수가 된 것 같은 착각이 들 정도였다.

파티장을 나설 때에 나는 혼자가 아니었다.

함께 온 루이스 정과 클라우디아 쉬퍼, 그리고 파티에 온 유명인사들과 뉴욕에서 유명한 클럽으로 향했다.

물론 케이트 모스도 함께했다.

나는 크리스마스 파티장에서 탄생한 스타였다.

호텔로 향하려는 나를 어린아이가 엄마를 졸라 장난감을 손에 넣으려고 하듯이 함께하길 원했다.

크리스마스이브라는 묘한 설렘이 발걸음을 그들과 함께 하게 만들었다.

늦은 밤이었지만 클럽 안으로 들어가려는 줄이 길게 늘어서 있었다.

하지만 내가 속한 일행은 기다림 없이 곧장 클럽 안으로 들어갈 수 있었다.

나를 포함한 일행은 모두 아홉 명이었다.

클럽 안은 생각보다 넓었고 크리스마스이브를 즐기려는 사람들로 넘쳐났다.

미리 예약되어 있던 건지는 모르지만 클럽 내에서 가장 넓고 좋은 자리로 안내받았다.

여자가 다섯에 남자는 나를 포함한 네 명이었다.

그중에서 이십 대 중반 정도로 보이는 인물이 클럽을 예약한 것 같았다.

몸에 걸치고 있는 옷과 신발 모두가 명품 브랜드였다.

그는 옆에 앉은 클라우디아 쉬퍼와 귓속말로 뭔가를 주고받으며 나를 보며 웃고 있었다.

"생긴 건 멀쩡하게 생겼는데 왜 자꾸 날 보고 웃는 거야. 내 얼굴에 뭐가 묻었나?"

무슨 말인지 알아듣지 못한 케이트 모스가 날 보며 물었다.

나도 모르게 영어가 아닌 한국말이 튀어나왔다.

"무슨 말을 한 거야?"

"저 친구가 자꾸 날 보며 웃어서."

"네가 마음에 드나 보지. 알고 지내면 나쁠 것 없는 사람이야."

"뭐 하는 사람인데?"

"에르메스 가문의 후계자 중의 하나야. 후계자가 되려면 아직은 좀 먼 훗날의 이야기겠지만."

"에르메스라면 가방을 만드는 명품브랜드?"

"후후! 가방만 만드나, 에르메스는 말의 안장하고 마구용품도 만들어 그게 시발점이었으니까."

케이트 모스의 말처럼 1837년 티에리 에르메스가 안장과 마구용품 매장을 낸 것이 에르메스의 시작이었다.

대한민국 여자라면 누구나 소유하고 싶어 하는 루이뷔통 이나 샤넬 가방보다도 더 비싼 브랜드가 에르메스였다.

한마디로 에르메스는 명품 카테고리의 최상위를 차지했다.

수천만 원 하는 에르메스의 켈리 백과 버킨 백은 늘 공급이 부족하여 대기자 명단에 이름을 올리고 보통 1~2년이 지나야 구매할 수 있다고 한다.

"저 친구 이름이 뭔데?"

"악셀 뒤마야. 파리바은행 뉴욕지사에 근무하고 있어. 그를 몇 번 본적이 있거든."

케이트 모스는 그에 대해 잘 알고 있었다.

악셀 뒤마는 14세 때 에르메스 회사 인턴으로 일한 후 프랑스 명문 대학인 파리정치대학(씨앙스포)을 졸업하고 BNP 파리바은행의 전신인 파리바은행 북경과 뉴욕지사에서 2년간 근무하다 1993년 에르메스에 다시 합류했다.

'우리 닉스도 에르메스 같은 명품으로 자리를 잡으면 좋은데……'

세계적인 명품 브랜드는 마치 흔들리지 않은 철옹성과 같이 굳건하다.

해마다 가격이 인상되어도 매출이 전혀 떨어지지 않았다.

오히려 가격이 인상되어도 제품을 사려는 사람이 더 늘 뿐이었다.

"클럽에 와서 무슨 고민이라도 있는 사람처럼 생각해? 우리 나가자. 크리스마스이브는 즐겁게 보내야지."

사실 케이트 모스는 나와 단둘이 있기를 바라는 눈치였었다.

"좋아. 내가 이래 봬도 꽤 춤을 춘다고."

나는 케이트 모스의 손에 이끌려 스테이지로 향했다.

그녀의 말처럼 오늘 하루는 모든 고민을 멈추고 즐기고 싶은 생각이 들었다.

사람들은 빠른 음악에 맞추어 저마다 자신 있는 춤을 추었다.

잠시 숨을 고른 뒤 음악에 맞추어 천천히 몸을 움직였다.

케이트 모스는 특유의 발랄함을 보이는 춤을 추었다.

어느 정도 음악이 몸에 익숙해지자 본격적인 춤사위가 나왔다.

유명한 춤꾼들과 한국의 아이돌 가수들이 추었던 멋진 춤동작들이 연속해서 이어졌다.

어느 순간 케이트 모스는 놀란 눈을 한 채, 입으로 손을 가리며 내 춤을 감상했다.

문제는 그러한 사람들이 하나둘 늘어갔다는 것이다.

나는 모든 것을 날려 버리려는 듯이 음악에 빠져들었고 그 순간 뜨거운 무언가가 내 온몸을 사로잡았다.

춤은 더욱 격렬해졌고 땀은 비 오듯 흘러내렸다.

땀으로 흠뻑 젖은 흰색 셔츠가 단단하고 아름답게 조각된 다비드상과 같은 멋진 근육질 몸매를 드러나게 하였다.

클럽의 DJ는 내 모습에 더욱 강렬한 비트의 음악을 연속해서 틀었다.

스테이지는 어느새 나를 중심으로 해서 원이 그려졌다.

모두가 나의 춤에 빠져들었다.

내 춤동작은 처음 보는 것이었고 무척이나 세련되고 절도 있었다.

어느 순간부터는 나는 날고 있었다.

그 자리에서 도는 고난도의 백덤블링은 물론 비보이들의 최고 기술인 원핸드 엘보우를 연속해서 선보였다.

전문적인 춤꾼들도 도저히 따라 할 수 없는 동작이었다.

무공에서 다져진 체력과 기술이 춤으로 분출되자 한 마리의 자유로운 새가 된 것이다.

음악이 끝나자 수많은 사람으로 가득한 클럽은 찬물을 끼얹은 듯이 숨소리도 들리지 않았다.

케이트 모스도 꿈에서 깨어나지 못한 소녀처럼 멍하니 날 바라볼 뿐이었다.

그들 모두에게 앞으로 다시는 볼 수 없는 춤을 보여주었다.

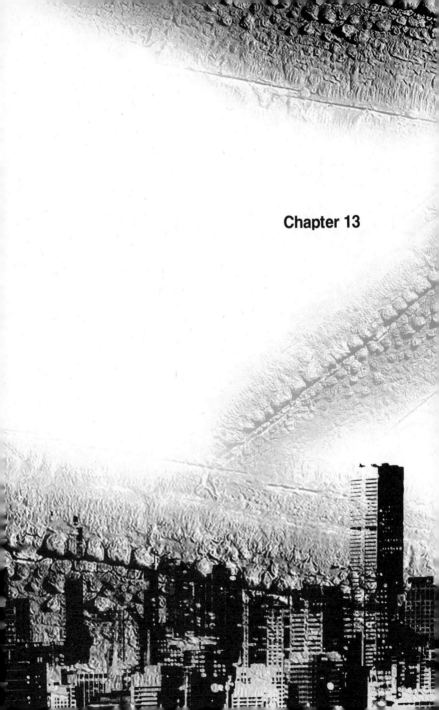

Chapter 13

춤을 추고 난 후부터 나는 더 이상 클럽에 머물 수가 없었다.

클럽 안에 있는 많은 여자가 노골적으로 유혹하며 나에게 추파를 던졌다.

일행이 있어도 그녀들은 상관하지 않았다.

일순간에 클럽 안에서 나를 향한 뜨거운 구애가 펼쳐진 것이다.

내 옆에 있는 케이트 모스는 그러한 상황을 달가워하지 않았다. 일행에게도 성가신 일이었다.

결국 나는 함께한 사람들에게 양해를 구한 후에 혼잡한 클럽을 나왔다.

클럽을 나오기 전에 에르메스 가문의 악셀 뒤마는 나에게 연락처를 주며 꼭 다신 한 번 만나기를 원했다.

클럽을 나설 때에 함께한 사람은 케이트 모스였다.

우리는 클럽에서 얼마 떨어지지 않은 곳에 위치한 조용한 카페를 찾았다.

클럽과 달리 그곳은 손님이 별로 없었다.

조용하게 카페에 울려 퍼지는 재즈 선율이 사람의 마음을 편안하게 만들어주었고 조금은 들떴던 기분을 가라앉게 했다.

"오빠는 못하는 게 뭐야?"

나보다 두 살 어린 케이트 모스에게 오빠라고 부르라고 말했다.

그녀는 내 말에 토를 달지 않고 나를 바로 오빠라고 불렀다.

"못하는 게 많지. 오늘 내가 제일 잘하는 것만 본 것뿐이야."

"전문적인 춤꾼도 아니면서 잘해도 너무 잘하잖아. 클럽에서 여자들이 몰려들 때는 나도 모르게 질투가 일던데."

케이트 모스의 말처럼 클럽에서 아름다운 미녀들의 뜨거

운 구애를 한 몸에 받았다.

"하하하! 질투가 날 정도로 내가 마음에 든 거야?"

"오빠는 사람을 끌리게 하는 매력이 있는 것 같아. 한국에 여자 친구가 있겠지? 아니, 애인이라고 해야 하나."

케이트 모스는 파티에서와 달리 클럽에서 여자들이 보여준 행동을 보고는 그런 판단을 한 것 같았다.

한마디로 잘난 남자를 그냥 두지 않을 것이라는 생각이었다.

"그게 갑자기 궁금해졌어?"

"그러게. 오늘 처음 본 남자에게 내가 이렇게 빠져들어도 되나 하는 생각이 들었으니까. 여자 친구가 없다면 내가 하려고."

케이트 모스는 진지한 표정으로 말했다.

"미안, 여자 친구가 있어. 케이트처럼 예쁘고 착한 아가씨야."

케이트 모스는 분명 매력적인 여자였지만 난 이미 가인이가 마음속에 자리를 잡고 있었다.

"그렇구나. 솔직히 말해줘서 고마워. 그러면 나하고는 편한 친구로 지내면 되겠네."

말은 아무렇지 않게 했지만 케이트 모스는 실망한 빛을 고스란히 내비쳤다.

"그래, 서로에게 필요한 친구가 되면 좋지. 그리고 주소 좀 알려줘. 내가 오늘 상으로 받은 그림을 보내줄 테니까."

"정말? 정말 나에게 그림을 줄 거야?"

케이트 모스는 확인하듯 물었다. 그녀도 그 그림을 무척이나 좋아하는 눈치였다.

"물론, 좋은 친구를 만난 기념으로."

"올해는 정말 뉴욕에서 진짜 산타를 만난 기분이야. 지금까지 크리스마스에 받은 선물 중에서 가장 마음에 드는 선물이야."

케이트 모스는 진심으로 좋아했다.

그녀와는 오랜 시간 동안 재즈카페에서 함께한 후에 헤어졌다.

내가 케이트 모스를 데려다 주고 호텔로 돌아온 시간은 오전 8시였다.

밤새 그녀와 많은 이야기를 나누었고 서로에 대해 많은 것을 공유했다.

그리고 헤어질 때 케이트 모스가 머무는 집 앞에서 긴 포옹을 한 후에야 그녀는 날 놓아주었다.

뉴욕에서 맞이한 크리스마스는 나에게 잊지 못할 추억을 선물해 주었다.

그리고 그녀와의 인연은 거기서 끝이 아니었다.

　　　　＊　　　　＊　　　　＊

　퀄컴의 어원 제이콥스와의 만남을 통해 구체적인 계약에 관해 이야기를 나누었다.

　그는 20년 동안만 퀄컴의 기술특허사용료에 대한 권리를 블루오션에서 가져가길 원했다.

　하지만 상용화도 이루어지지 않은 기술을 20년이 아닌 100년을 가지고 있어도 돈이 되지 않는다.

　"그건 합당하지 않은 조건입니다. 퀄컴 CDMA의 기술은 분명 다른 디지털 이동통신방식보다 우수합니다. 하지만 언제 상용화가 될지 모른다는 게 문제입니다."

　지금 한국에서는 다양한 디지털 이동통신 방식 중 어떤 것을 표준으로 채택하는지를 놓고 치열한 논쟁이 벌어지고 있었다.

　미국은 시간분할방식(TDMA, Time Division Multiple Access), 유럽은 유럽형 이동전화(GSM, Global System For Mobile Communications) 방식, 일본은 일본식 디지털(PDC, Personal Digital Cellular) 방식을 독자적으로 채택했다.

　디지털 방식 개발을 주도했던 한국전자통신연구원(ETRI)은 TDMA 방식을 고려하고 있으나 주파수 처리 용량의 한

계 때문에 고민 중이었다.

하지만 한국전자통신연구원은 전략을 수정하여 92년 퀄컴과 CDMA 상용화에 따른 계약을 하게 되었다.

동기식으로 분류되는 CDMA는 송수신 상대가 직접 시간을 일치시켜 데이터를 송수신하는 방식으로 비동기식으로 분류되는 GSM에 비해 도청·감청이 어렵고 전송 효율이 높은 장점을 지니고 있다.

중요한 것은 GSM의 특허기술이 모토로라, 루슨트 등 다수 업체에 분산되어 있는데 비하여 CDMA 관련 특허는 퀄컴 한 곳에 집중돼 있다는 점이다.

퀄컴과 계약을 하게 되면 CDMA의 모든 특허를 사용할 수 있었다.

"무슨 말씀인지는 알겠습니다만 곧 상용화를 이룰 수 있습니다. 더구나 이사회에서는 블루오션이라는 회사에 대한 신뢰성에 대한 의구심을 제시하기도 했습니다."

블루오션은 그의 말처럼 한국에서도 소규모의 벤처회사에 불과했다.

더구나 지금은 벤처회사라는 말이 아직 통용되지도 않은 시기였다.

거기에 비하면 퀄컴은 회사 구성원의 50%가 엔지니어였고 R&D(연구개발) 투자 비율도 다른 회사보다 높은, 첨단기술을 지닌 회사였다.

"물론 그러한 우려를 보일 수 있습니다. 하나 죄송한 말씀입니다만 저도 이곳저곳에 소식통이 있습니다. 들려오는 소식에 의하면 퀄컴이 시도했던 LA와 뉴욕의 투자 유치가 모두 실패하신 거로 알고 있습니다. 투자자들이 한결같이 요구한 것은 1~2년 내로 퀄컴이 이익을 낼 수 있느냐입니다. 하지만 제가 볼 때에도 그건 많이 힘든 일이라고 생각됩니다."

나의 말에 어윈 제이콥스의 표정이 살짝 어두워졌다.

그와 만나기 전날 동안 나는 최대한 퀄컴과 관련된 정보를 수집했다.

"솔직히 말해서 강 대표님의 말씀이 모두 맞습니다. 현시점에서 우린 블루오션의 투자에 기대하고 있습니다. 그럼 어느 정도의 기간을 원하십니까?"

어윈 제이콥스는 이미 이사회의 전권을 이임받은 상태였다.

투자 유치가 이루어지지 않으면 퀄컴이 진행하고 있는 사업들이 삐걱거리게 될 상황이었다.

"상용화가 성공하고 나서 30년입니다."

30년이면 충분하고도 남았다.

2000년대 중반에 들어서면서부터 퀄컴에 대항하는 기술들이 속속들이 등장한다.

만약 뉴욕에서 퀄컴의 투자가 성공적으로 이루어졌다면 나는 20년도 충분히 받아들일 생각이었다.

"음, 30년이라……."

어윈 제이콥스는 바로 입을 열지 않았다.

계약이 성사되면 퀄컴은 30년 동안 한국에서 나오는 이익이 없다고 봐야 했다.

사실 지금 한국의 통신시장은 그리 크지도 매력적이지도 않았다.

오히려 일본이 큰 시장이었지만 일본은 섬나라의 특유 폐쇄성 때문인지 독자적인 개발 노선을 취하고 있었다.

현재 블루오션에서 투자를 받지 못한다면 퀄컴의 앞날은 불투명했다.

"좋습니다. 30년으로 하지요. 대신 투자 금액을 다음 달까지 모두 지급할 수 있게 해주십시오."

어윈 제이콥스는 한 달 내로 투자금을 받길 원했다. 그만큼 퀄컴의 자금 사정이 좋지 않다는 방증이었다.

"최대한 노력을 해보겠습니다. 저희도 계약과 관련된 절차를 한국에서 진행하려면 시간이 필요합니다."

나에게는 자금을 마련할 시간이 필요했다. 러시아에서 금괴를 처분해야 할 시간이었다.

더구나 러시아에서 미국으로 자금을 송금하려면 꽤나 어려운 절차를 거쳐야만 했다.

경제위기에 처한 러시아는 지금 외화유출에 대해 민감하게 반응하고 있었다.

"알겠습니다. 그러면 두 달 내로 해주셨으면 좋겠습니다. 저희 쪽 사정을 어느 정도 아시는 것 같아 말씀드린 것입니다."

"예, 두 달 안에는 모든 것을 마칠 수 있을 것입니다. 그리고 CDMA의 기술이전과 관련된 부분도 세부 항목에 넣고 싶습니다."

특허기술사용료는 부족한 감이 있었다.

특허 왕국인 퀄컴이 만든 CDMA 칩셋기술은 독보적이었다.

기술을 이용하고 사용하는 것만으로 끝마치면 안 되었다.

퀄컴이 가지고 있는 기술을 어느 정도는 가져와야만 했다.

이전의 만남에서도 기술이전과 관련된 말은 오갔지만 구체적인 이야기는 꺼내지 않았었다.

"하하하! 강 대표님은 정말 욕심이 많으십니다. 기술이전과 관련된 상황은 이번 계약과 별도의 상황입니다."

어윈 제이콥스는 퀄컴의 이익을 최대한 반영하려고 했다.

"저희가 투자하는 2천만 달러는 적은 돈이 아닙니다. 단지 상용화되지 않은 퀄컴의 기술을 이용하는 것만으로는 너무 큰 금액입니다."

나는 이참에 좀 더 유리한 조건을 만들어야만 했다.

투자가 절실한 퀄컴의 입장에서는 나의 조건을 받아들일 수밖에 없는 상황이었다.

"어떤 기술이전을 요구하시는 것입니까?"

"퀄컴과 블루오션의 동반 관계에 맞추어서 성장해야 합니다. 향후 퀄컴에서 만들어지는 CDMA 칩셋을 한국에서 생산할 수 있게끔 하는 것이 좋을 것 같습니다. 저희는 공장 설립과 관련된 것은 별도로 투자할 용의가 있습니다."

나는 퀄컴의 칩셋 생산 기술을 얻고 싶었다.

퀄컴은 각종 특허와 지속적인 기술개발로 인해 모바일 반도체 칩(모바일핵심인 CPU) 분야에서 독보적인 존재가 된다.

2015년이 되어서야 퀄컴을 독주를 막기 위해 삼성에서 독자 프로세서인 엑시노스 모바일 칩을 자사의 스마트폰에 탑재했다.

"한국에서 CDMA 칩셋을 생산한다는 말입니까?"

"그렇습니다. 향후 아시아 시장을 공략하기 위해서도 한국에 반도체 공장을 설립하여 생산하는 것도 좋은 방법입니다. 합작 공장을 세우면 퀄컴에서도 공장 설립과 관련된 비용을 상당히 줄일 수 있다고 생각됩니다."

지금 당장 상용화되지도 않은 CDMA의 칩셋 공장을 한국에 세우겠다는 말은 아니었다.

앞으로 3년 후에 일어날 상용화 성공에 따른 대비로 계약에 넣어놓자는 생각이었다.

퀄컴의 반도체 공장이 한국에 설립되면 기술 이전은 필수적이다.

"나쁘지 않은 제안이지만 당장 시작할 수 없는 일입니다."

이 모든 게 CDMA의 상용화가 성공적으로 이루어져야만 가능한 일이었다.

"바로 시작할 수 없지만 공장을 설립하는 일에도 적지 않은 시간이 소요됩니다. 공장 용지 마련과 공장 설립과 관련된 인허가에도 말이지요. CDMA 상용화를 이루기 위한 연구 과정에 맞추어 점진적으로 해나갈 생각입니다."

"하하하! 강 대표님은 대단한 분이십니다. 이미 상용화가 이루어진다는 전제로 계획을 이미 세워놓으신 것 같습니다."

"CDMA의 성공 가능성을 보지 않았다면 투자하지 않았을 것입니다. 블루오션은 퀄컴과 진정한 동반자로 함께하고 싶은 마음입니다."

나의 말에 어윈 제이콥스의 표정에 변화가 있었다.

지금까지 퀄컴의 CDMA에 대한 가능성보다는 불확실성에 많은 투자자가 등을 돌렸었다.

"하하하! 이렇게 CDMA의 성공에 대한 확신을 표현한 분은 강 대표님이 처음이었습니다. 좋습니다. 블루오션에 대한 동반자로서 해야 할 역할을 위해서 현재 진행 중인 CDMA의 상용화 연구에 블루오션이 참여시키겠습니다. 그리고 그에 대한 연구협약과 공장 설립에 대한 조건도 계약에 집어넣도록 하겠습니다."

기분 좋게 웃음을 뱉어내며 말하는 어윈 제이콥스는 내가 내민 조건을 받아들였다.

"감사합니다. 이번 계약을 통해서 퀄컴과 블루오션이 크게 성장하는 계기가 될 것입니다."

솔직히 말하면 퀄컴이 아니라 블루오션이 비약적으로 발전할 수 있는 계약이었다.

"하하하! 당연히 그렇게 돼야지요. 그럼 세부적인 계약은 변호사를 통해서 보내겠습니다. 담당 변호사를 저희 쪽에 알려주십시오."

"예, 바로 연락을 취하도록 하겠습니다."

"계약서를 작성하는 대로 다시 한 번 만나도록 하시지요. 앞으로 잘 부탁하겠습니다."

어윈 제이콥스는 나에게 손을 내밀어 악수를 청했다.

"퀄컴과 블루오션의 발전을 위해서 힘을 쏟겠습니다."

그가 내민 손을 힘 있게 붙잡았다.

내년에 벌어지는 일을 모르는 어윈 제이콥스은 지금의 결정을 최고의 선택이라 여길 것이다.

블루오션은 이제 퀄컴이라는 날개를 달고서 훨훨 날 준비를 해야 한다.

이제 통신 강국을 향해 태동하기 시작한 대한민국에서 블루오션은 분명 대단한 위치를 차지할 것이다.

계약에 가장 걸림돌이었던 기술특허사용료에 대한 기간이 타결되었기 때문에 계약서가 작성되는 대로 계약에 사인할 것이다.

미국에서 이루어진 두 건의 계약은 닉스와 블루오션이 한 단계가 아닌 두세 단계를 단숨에 발전해 나갈 수 있는 토대를 만든 일이었다.

퀄컴은 상용화가 성공한 이후부터 연간 1조 원이 넘는 휴대전화 칩셋 수입 대금과 기술사용료를 한국에서 가져간다.

퀄컴은 아마 몇 년이 지난 후에 오늘의 결정을 크게 후회할지도 모른다.

　아니, 분명히 땅을 치고 후회할 것이다.

Chapter 14

미국에서의 일정은 모두 끝마친 상황이었다.

블루오션의 담당 변호사인 루이스 정은 퀄컴에서 보내온 계약서를 검토했다.

내일 모든 조건에 대한 검토가 끝나는 대로 퀄컴과의 계약은 성사될 것이다.

베이커앤맥켄지의 근무하는 루이스 정에게 나는 정식으로 스카우트를 제의했다.

그녀는 내가 제시한 조건에 만족해했고, 닉스의 미국지사가 설립될 때에 맞추어 합류하기로 했다.

루이스 정이 농담으로 내게 말한 베이커앤맥켄지에서 받는 연봉의 두 배는 아니었지만, 현재 그녀가 받고 있는 연봉보다는 높은 금액을 주기로 했다.

그녀는 내가 추진하는 사업이 마이클 조던을 광고 모델로 하는 신발 사업에서 통신 분야의 퀄컴까지 이어지는 계약을 접하자 마음을 바꾸는 계기가 되었다.

루이스 정은 자신을 매번 놀라게 하는 나의 가능성의 끝을 보고 싶다고 했다.

내일 어원 제이콥스와 만나 투자 계약서에서 서명하는 대로 모스크바로 날아갈 것이다.

국내에도 처리할 일이 많았지만 당장 시급한 일은 자금을 만들기 위한 금괴 처리였다.

현재 세레브로 제련공장으로 옮겨진 금괴들은 불순물을 완전히 제거하고 순도 99.99%의 금괴로 새롭게 재탄생하는 작업이 이루어졌다.

새로운 금괴는 모두 거래하기 좋은 10㎏짜리 금괴로 제작한다.

"내일이면 모든 게 마무리되는구나."

창밖으로는 눈이 내리고 있었다.

쉼 없이 달려온 2년이라는 시간이 순식간에 지나간 것 같았다.

길다면 길고 짧다면 짧을 수 있는 이 기간 동안 정말 많은 것을 이루었다.

미래를 안다는 것이 이렇게나 큰일을 진행할 수 있게 만들 줄 몰랐다.

단순히 처음에는 이전보다 더 나은 삶을 살아보겠다는 생각뿐이었다.

하지만 지금의 나는 국내는 물론 러시아에도 회사를 소유하고 있다.

올 상반기가 지날 무렵이면 미국에도 닉스판매법인이 설립될 것이다.

국내에 있는 회사들 모두가 빠른 시간 내에 자리를 잡았다.

모두가 상당한 이익을 내는 알짜배기 회사였고, 경쟁회사에서 탐을 낼 정도로 가파르게 성장하고 있었다.

닉스는 마이클 조던과의 계약 이후 국내는 물론 해외에서 뜨거운 러브콜이 쏟아지고 있었다.

국내에서는 롯데백화점과 현대백화점에서 닉스 본사를 찾아와 입점에 대한 어떠한 조건도 들어주겠다는 말을 전했다.

두 백화점뿐만이 아니었다.

국내에 모든 백화점도 닉스의 입점을 원했고 입점을 위한 파격적인 조건을 제한했다.

마치 해외의 유명명품 브랜드를 유치하기 위해 벌이는 모습이었다.

더욱 고무적인 것은 일본 최초의 백화점으로 유명한 미쓰코시백화점에서도 연락이 왔다는 점이다.

현재 명동 신세계백화점이 쓰고 있는 건물이 미쓰코시가 했던 일제강점기 때 운영하던 경성점이었다.

마이클 조던과의 계약과 국내외에서 일고 있는 농구 붐의 영향 때문인지 내가 생각했던 것보다도 닉스를 원하는 해외 바이어들의 요청이 빠르게 늘고 있었다.

"후! 한국으로 돌아가도 정신이 없겠구나. 이런 날이 오리라고는 꿈에도 생각지도 못했는데…….."

창밖에서 내리고 있는 눈은 어느새 함박눈으로 바뀌어 있었다.

밤하늘을 온통 뒤덮고 있는 하얀 눈송이들이 뉴욕의 거리에 쌓여갔다.

거리의 풍경을 바꿔놓은 눈처럼 세계의 모든 상품이 몰려드는 미국에서 닉스와 블루오션의 제품이 큰 변화를 주는 날이 오리라고 확신했다.

*　　　　*　　　　*

퀄컴과의 계약은 순조롭게 마무리되었다.

소소한 계약 조건에서 두 회사가 서로 조금이라도 이익이 되는 방향으로 계약 조항을 집어넣으려고 했지만, 대부분은 블루오션에 유리한 쪽으로 체결되었다.

가장 공을 들인 퀄컴의 한국 내 반도체공장 설립은 CDMA 상용화가 성공하는 시점에서 양사가 오십 대 오십으로 투자하기로 합의했다.

CDMA 공동연구와 관련되어서는 블루오션의 개발 직원 두 명을 연구소로 파견하는 형식이 되었다.

그들은 CDMA와 관련되어 가장 기본적인 기술부터 익히게 될 것이다.

내년 6월 한국의 한국전자통신연구소(ETRI)는 퀄컴과 CDMA 공동연구계약서에 서명한다.

문제는 CDMA를 제대로 이해하는 국내 연구원이 제대로 없는 상황에서 이루어진 계약이었다.

아마도 그때가 되면 퀄컴연구소에 파견된 블루오션의 직원이 국내에서 CDMA에 대해 가장 잘 이해하는 인물이 될 것이다.

퀄컴과의 계약은 마이클 조던과의 계약과 달리 국내외로 큰 이슈를 만들진 않았다.

국내 신문들도 블루오션과 퀄컴의 계약과 관련된 상황을

다룬 것은 전자신문과 한국경제신문 단 두 곳뿐이었다.

두 신문사도 간략한 내용으로 계약에 대한 것을 전했다.

앞으로 이 계약을 통해서 얼마나 큰 파급력을 세계에 몰고 올지에 대해 예상하는 사람은 아무도 없었다.

블루오션의 직원들조차 퀄컴과의 계약에 대해 의구심을 품고 있었다.

그만큼 국내는 아직까지 CDMA에 대한 정보와 연구가 많이 부족했다.

닉스와 마찬가지로 블루오션도 퀄컴과의 계약에 따른 준비를 해야만 했다.

지금보다 더 많은 엔지니어를 받아들여 기술연구소를 설립할 생각이다.

나는 또한 루이스 정을 통해서 미국 유수의 공대를 졸업하는 한인 학생이나 유학자들을 대상으로 스카우트를 진행할 것이다.

그리고 가정형편이 어렵지만 실력이 뛰어난 인재들을 선발해 미국으로 유학을 보낼 계획도 갖고 있다.

먼 훗날 일이겠지만 국내에 기존 학교와는 전혀 다른 고등학교와 대학교를 설립할 생각마저 있었다.

많은 계획이 머릿속에 들어 있었지만 지금은 먼저 계약 대금을 준비해야만 했다.

내일모레 나는 모스크바행 비행기에 몸을 실을 예정이다.

그때였다.

따르릉! 따르릉!

호텔 방의 전화기가 요란하게 울렸다.

"여보세요?"

ㅡ김만철입니다. 빨리 모스크바로 오셔야 할 것 같습니다.

김만철의 목소리가 심상치가 않았다.

"무슨 일이 있습니까?"

ㅡ블리노브치 씨가 습격을 당했습니다.

"네? 블리노브치 씨가 습격을 당했다고요?"

나는 김만철의 말에 놀라 확인하듯 다시 물었다.

ㅡ모스크바로 향하던 중에 열차 안에서 습격을 당한 것 같습니다.

블리노브치는 비행공포증이 있어 비행기를 타지 못했다. 그는 항상 자동차와 기차로 이동했다.

"경호원들에게 둘러싸여 있어서 습격이 쉽지 않았을 텐데, 블리노브치 씨의 상태는 어떻습니까?"

장거리를 이동할 때는 블리노브치는 항상 수십 명의 전문경호원과 함께했다.

철저한 경호를 받으며 움직이는 블리노브치를 암살하거나 습격한다는 무척이나 어려운 일이었다.

─승무원으로 변장한 전문암살자에게 당했다고 합니다. 몸 상태에 대해서는 저도 상황을 파악 중입니다.

"알겠습니다. 곧장 모스크바로 들어가겠습니다."

─그럼, 그때 뵙겠습니다. 조심히 오십시오.

딸각!

"후! 첩첩산중이구나."

전화를 끊고 나자 절로 한숨이 터져 나왔다.

만약 블리노브치가 사망했거나, 치료 중에 사망한다면 금괴를 처분하는 계획을 원점에서 다시 생각해야만 했다.

나는 곧장 모스크바행 비행기를 알아보았다.

다섯 시간 후에 일본을 거쳐 모스크바로 가는 비행기가 있었다.

하루라도 빨리 모스크바로 들어가 일을 해결하는 것이 우선이었다.

나는 루이스 정에게 전화를 걸어 퀄컴과의 계약 마무리를 부탁했다.

루이스 정은 일정과 달리 뉴욕을 급하게 떠나는 이유에 물어왔지만 구체적인 대답을 해줄 수 없었다. 단지 러시아에서 진행되는 사업 때문이라는 말만 해주었다.

*   *   *

이른 아침 뉴욕공항은 한산했다.

예약한 비행기 표를 찾아 출국장으로 들어가려고 할 때였다.

공항직원에게 제시한 여권과 비행기 표를 번갈아 쳐다보며 뭔가를 확인하던 직원이 어딘가로 전화를 걸었다.

그리고는 나에게 이유를 말해주지 않은 채 출국장으로 들여보내 주지 않았다.

"잠시만 이곳에서 기다리십시오. 다음 분."

"아니, 뭐가 문제라도 있습니까?"

불법적인 일이나 물건을 소지한 적이 없었기에 문제 될 것이 전혀 없었다. 그런데 나를 출국장으로 들여보내지 않았다.

"담당자분이 오고 있으니 그분에게 여쭤보십시오."

공항직원은 내 질문에 구체적인 말을 해주지 않았다.

그리고 얼마 뒤 남색 양복을 입은 두 사람이 나를 데리고는 공항 내에 있는 한 사무실로 향했다.

그곳에는 사십 대 초반으로 보이는 한 사내가 날 기다리고 있었다.

일반적인 공항직원과는 뭔가 분위기 틀렸다.

"몇 가지 확인할 게 있어서 이리로 오게 했습니다."

"무엇 때문에 절 붙잡아두신 것입니까? 저는 미국에 사업을 위해 방문한 것밖에 없습니다."

"우선 앉으시지요."

사내는 내 말에 웃으면서 말했다.

"지금 저는 비행기를 타야 합니다. 비행기가 이륙할 시간이 얼마 남지 않았습니다."

모스크바행 비행기의 이륙 시간이 10분 정도 남은 상태였다.

"걱정하지 마십시오. 미스터 강을 태우지 않으면 비행기는 이륙할 수 없습니다."

순간 사내의 말에 확실히 뉴욕공항직원이 아니라는 생각이 들었다.

"누구십니까? 누구시기에 절 잡아두시는 거지요?"

"앉아서 이야기를 나누시지요."

난 그의 말대로 의자에 앉았다. 지금은 무언가를 내 의지대로 할 수 있는 상황이 아니었다.

칼자루를 쥐고 있는 사람은 앞에 있는 인물이었다.

그는 내 이름을 알고 있었지만 자신의 이름을 내게 말하지 않았다.

"단도직입적으로 말씀드리겠습니다. 저희에게 협조를 해주시면 미스터 강에게도 원하는 것을 드리겠습니다."

'이들이 누굴까?'

비행기의 이륙을 자기 뜻대로 막을 힘을 가진 인물은 흔치 않았다. 그만한 권력이 있는 곳에서 일하는 인물일 것이라는 생각이 들었다.

"뭘 말입니까?"

"강태수 씨가 갑작스럽게 러시아에 출현하시는 바람에 저희가 진행했던 일에 차질이 생겼습니다. 그게 본인이 원해서 했던 일이 아닐지라도 말입니다. 그걸 돌려놓기 위해서 강태수 씨의 도움이 필요합니다."

'CIA?'

순간 머릿속에 떠오른 단어였다.

"저는 무엇을 말하는 건지 잘 모르겠습니다."

"하하하! 연기가 서투르시네요. 이미 저에 대한 궁금증을 머릿속에서 떠올리고 계시지 않습니까? 소련에서 일어났던 군사쿠데타는 저희가 오랜 기간을 공들인 일이었습니다. 한마디로 말하자면 소련의 힘을 줄이기 위한 작전이었고, 그로 인해서 고르바초프나 옐친이 우리에게 기댈 수밖에 없는 상황을 만들려고 했습니다. 한데 우리가 원하는 방향대로 이루어지지 않았습니다. 그 이유는 말하지 않아도 잘 아실 것입니다."

그의 말처럼 소련의 쿠데타가 일어날 당시 모스크바에

있던 미국의 CIA는 바쁘게 움직였다.

쿠데타 주역들의 전화를 도청하고 일거수일투족을 감시하고 있었다. 그에 대한 정보를 별장에 고립되어 있던 고르바초프에게 전달하기도 했다.

"저에게 바라시는 것이 무엇입니까?"

나는 단도직입적으로 물었다.

이미 한국의 국가안전기획부에서도 나에게 협조를 요청하고 있었다.

분명 이들도 나와 보리스 옐친 대통령과의 관계를 이용하려는 일이 것이라는 생각이 들었다.

"그리 어려운 일은 아닙니다. 이 사람을 저희가 요구할 때에 옐친 대통령에게 추천해 주십시오."

그는 앞에 놓인 서류철에서 한 장의 사진을 꺼내 내게 내밀었다.

사진 속의 인물은 내가 잘 알고 있는 사람이었다.

그는 놀랍게도 블라디미르 푸틴이었다.

『변혁 1990』 12권에 계속…

이모탈 퓨전 판타지 소설
FUSION FANTASTIC STORY

워리어
Warrior

최강의 병기 메카닉 솔져,
판타지 세계로 떨어지다!

서기 2051년.
세계 최초의 메카닉 솔져 이산은
새로운 세계에 발을 딛게 된다.

"나는… 변한 건가?"

차가운 기계에서 따뜻한 피가 흐르는 인간으로!
카이론의 이름으로 새롭게 시작하는
진정한 전사의 일대기!

Book Publishing CHUNGEORAM

즐거운 인생

미더라 장편 소설

FUSION FANTASTIC STORY

A Bittersweet Life

삶의 의욕을 모두 잃은 주혁.
어느 날 녹이 슨 금속 상자를 얻는데……

"분명 어제도 3월 6일이었는데?"

동전을 넣고 당기면 나온 숫자만큼 하루가 반복된다!

포기했던 배우의 꿈을 향해 다시금 시작된 발돋움.
눈앞에 펼쳐진 새로운 미래.

과연 그는 목표를 이루고
인생을 바꿀 수 있을 것인가!

Book Publishing CHUNGEORAM

FUSION FANTASTIC STORY

미더라 장편 소설

ODD LAWYER

Devil's
Balance

괴짜 변호사
악마의 저울

『즐거운 인생』 미더라 작가의
2015년 대작!

현직 변호사, 형사, 프로파일러, 범죄심리학 전문가 자문으로
현장의 생생함을 그대로 담아낸 현대 판타지!

『괴짜 변호사 : 악마의 저울』

"제가 왜 한 번도 패소한 적이 없는 줄 아십니까?"

"……"

"저는 법으로만 싸우지 않거든요."

법의 칼날 위에서 춤추는 자들과의
치열한 공방이 펼쳐진다!

Book Publishing CHUNGEORAM

유행이 아닌 자유추구 -
WWW.chungeoram.com